Laura Gallego

OMNIA

Laura Gallego ocupa un lugar de honor entre los autores de literatura infantil y juvenil de España y Latinoamérica. Doctora en Filología Hispánica por la Universidad de Valencia, empezó a escribir a la temprana edad de once años. *Finis Mundi*, la primera novela que publicó, obtuvo el premio El Barco de Vapor, galardón que Gallego volvería a ganar tres años más tarde con *La leyenda del Rey Errante*. Además de algunos cuentos infantiles, ha armado hasta el momento veintisiete novelas, entre las que destacan *Crónicas de la Torre*, *Dos velas para el diablo*, *Donde los árboles cantan* (distinguida con el Premio Nacional de Literatura Infantil y Juvenil), *El Libro de los Portales* y su aclamada trilogía Memorias de Idhún. En 2011 recibió el premio Cervantes Chico por el conjunto de su obra. Las novelas de Laura Gallego han sido traducidas a dieciséis idiomas.

OMNIA

LAURA GALLEGO

OMNIA

— Todo lo que — PUEDAS SOÑAR

Ilustraciones de
Xavier Bonet

VINTAGE ESPAÑOL
Una división de Penguin Random House LLC
Nueva York

PRIMERA EDICIÓN VINTAGE ESPAÑOL, JUNIO 2016

Información de catalogación de publicaciones disponible en la
Biblioteca del Congreso de los Estados Unidos.

Vintage Español ISBN en tapa blanda: 978-1-101-97223-6

Para venta exclusiva en EE.UU., Canadá, Puerto Rico y Filipinas.

www.vintageespanol.com

Impreso en los Estados Unidos de América
10 9 8 7 6 5 4 3 2 1

*Para Hilde, que conoce muy bien
la importancia de los peluches especiales*

Prólogo

Un peluche con historia

Trébol era un conejo de peluche que tenía más de treinta años. Había pertenecido a la madre de Claudia y se había convertido en su compañero inseparable mientras crecía. Luego la había seguido en todas sus mudanzas, y siempre se le había reservado un lugar de honor en la cabecera de la cama.

Después nació Claudia, y tuvo sus propios muñecos y peluches. Pero un día sus primeros pasos la condujeron hasta la habitación de sus padres, donde descubrió a Trébol; alargó la manita hacia él para agarrarlo por una de sus largas y despeluchadas orejas... y ya no lo soltó.

Ahora Claudia tenía cuatro años, y Trébol seguía siendo su muñeco preferido, con diferencia. Después de tanto tiempo, el pobre conejo había perdido parte

del relleno y estaba repleto de remendones. Sus ojos habían saltado en varias ocasiones y, aunque su madre siempre los cosía de nuevo, el derecho había quedado un poco más bajo que el izquierdo, lo que le confería un cierto aire tristón. Las orejas estaban hechas una pena porque, cuando Claudia era más pequeña, acostumbraba a morder y chupetear las puntas incluso mientras dormía. Trébol había pasado por más lavados de los que podía contar, y era difícil que su cuerpecillo contrahecho pudiese soportar un solo recosido más.

Por descontado, Claudia tenía muchos más peluches, nuevos y algodonosos, la mayoría de ellos regalados por amigos o familiares bienintencionados que pretendían alejar a la niña de aquel conejo andrajoso. En definitiva, a la gente le costaba asumir que Claudia prefiriese a Trébol por encima de todos los demás.

A su hermano Nico, por ejemplo, le daba vergüenza que su hermana jugase con un peluche que parecía recién rescatado del contenedor de la esquina.

—Es asqueroso —se quejaba a quien quería escucharlo (por lo general, su amiga Mei Ling)—. Claudia no está bien de la cabeza.

—Ya se cansará de él —respondía Mei Ling sin concederle importancia—. No lo va a guardar hasta que se haga mayor, ¿verdad?

Nico le recordaba que, después de todo, su madre sí había conservado a Trébol durante toda su vida. Aunque trataba de imaginarse a aquel conejo con ochenta años y no lo conseguía. «En algún momento habrá que jubilarlo», pensaba cada vez que lo veía.

Por eso, cuando descubrió a Trébol en lo alto del montón de juguetes descartados de la limpieza navideña, se limitó a dejar escapar un suspiro de alivio y a murmurar: «¡Ya era hora!».

No se planteó la posibilidad de que Trébol hubiese ido a parar allí por error. Ni se imaginó que lo que iba a hacer a continuación lo llevaría a vivir la mayor aventura de su vida.

1

Un pequeño montón de muñecos

En casa de Nico y Claudia tenían por costumbre hacer una gran limpieza justo antes de Navidad. Se vaciaban armarios, cajones y estanterías y se separaba lo que se quería conservar de lo que no. Después, los trastos viejos se repartían en dos montones: lo que podía reciclarse de alguna forma y lo que iría a parar al contenedor de la basura porque no podía servir a nadie más. A los niños no les entusiasmaba la perspectiva de hacer limpieza, pero siempre se animaban un poco al pensar que estaban haciendo hueco para los regalos de Navidad.

Aquella tarde, Claudia había sacado todos sus muñecos del baúl para examinarlos uno por uno. La mayoría volvían a su sitio, pero otros terminaban en la montaña de los juguetes prescindibles.

—Es que ya estás un poco rota, Coletas —se justificaba Claudia, mientras hacía que Trébol le diese a la muñeca un abrazo de despedida—. Y ya sabes que a Trufa no le caes nada bien. Además...

Pero justo en ese momento la llamó su madre para merendar, y ella se levantó de un salto y soltó a Trébol y a Coletas sin prestar atención a lo que hacía. Salió corriendo de su cuarto y no se dio cuenta de que los dos, muñeca y peluche, habían aterrizado con suavidad sobre la pila de juguetes desechados.

Un rato más tarde, Claudia merendaba ya frente a la tele, y su madre llamó a Nico y le pidió:

—¿Puedes ir a ver si tu hermana ha acabado ya con los muñecos? Si es así, los metes todos en una bolsa y me los traes, ¿de acuerdo?

—¿Por qué? —protestó Nico—. ¡Que recoja ella sus cosas, yo ya tengo bastante con las mías!

—Nico, que no lo tenga que volver a repetir.

El chico fue a cumplir con el recado, refunfuñando y arrastrando los pies. Al pasar por delante de su propio cuarto comprobó que estaba completamente revuelto y que aún tenía mucho trabajo de limpieza por delante. La habitación de Claudia presentaba un aspecto similar, aunque ella había dejado ya un pequeño montón de muñecos sobre la alfombra. Nico reconoció a Trébol y murmuró: «¡Hombre, ya era hora!». Empezó a echarlos en una bolsa, pero, por alguna razón, dejó para el final el viejo conejo de peluche. Cuando por fin lo tuvo entre sus manos dudó un momento... pero luego se encogió de hombros y lo arrojó al interior de la bolsa para que hiciera compañía a Coletas y al resto de muñecos que Claudia desterraba de su vida para siempre.

Ella no lo echó en falta hasta que llegó la hora de ir a dormir. Entonces, al no encontrarlo sobre la cama, se puso a dar vueltas por su habitación, desconcertada y en pijama.

13

—Claudia, ¿qué pasa? —quiso saber su padre—. ¿Por qué no estás en la cama?

—No sé dónde está Trébol, papá... —se quejó ella.

—Pues seguramente estará donde lo dejaste, ¿no?

—Nooo..., que he buscado en el baúl y tampoco está...

—A ver, te ayudo a buscarlo.

Claudia y su padre vaciaron el baúl, se arrastraron bajo la cama y revolvieron en el armario, sin resultado. Finalmente, el padre se rascó la coronilla, pensativo.

—¿No te lo habrás dejado en el salón? —planteó.

—Que no, papá, que lo dejé aquí justo antes de merendar...

—Pues no sé..., le preguntaremos a mamá.

Momentos después, los tres habían iniciado una operación de búsqueda frenética, mientras Nico leía un cómic en su propio cuarto, sin prestar atención a nada más; pero pronto el llanto de su hermana interrumpió su lectura. Se levantó de la cama y se asomó para ver qué ocurría.

—Pero yo no puedo dormir sin él... —gimoteaba Claudia.

—Claro que sí, no pasa nada. Hoy puedes dormir con otro peluche y mañana buscaremos a Trébol con calma hasta que lo encontremos, ¿vale?

Trébol... De pronto, una lucecita se encendió en la mente de Nico.

—¿Estáis buscando al conejo de Claudia? Pero si ella misma lo echó al montón de juguetes que no quería...

Se calló al ver que su madre se ponía pálida. Su hermana dejó de llorar y los miró sin comprender.

—No, Trébol no estaba en el montón —replicó, secándose las lágrimas—. Allí eché a Coletas, a Minnie, al Señor Narizotas y al Duende... Pero a Trébol, no. Yo quiero a Trébol.

Nico empezó a ponerse nervioso.

—Estaba en el montón de muñecos, os lo juro. Yo lo vi.

—Bueno, a ver, que no cunda el pánico —terció su padre—. ¿Qué ha pasado con esos muñecos, Nico? ¿Dónde están ahora?

—Nico, dime que no metiste a Trébol en la bolsa de juguetes para donar —intervino su madre, muy seria.

El chico vaciló.

—Pero tú me dijiste... —empezó.

—¡Nico! —interrumpió ella, furiosa—. ¿Me estás diciendo que has tirado a Trébol? ¿¡A Trébol!?

—¡Yo no fui! —se defendió él, también levantando la voz—. ¡Me dijiste que metiera los muñecos en la bolsa, y ese conejo estaba en el montón para donar! ¡Si Claudia lo quería, que no lo hubiese tirado!

—¡Yo no lo tiré! —protestó la niña.

—¡Podías haber preguntado primero! —seguía riñéndolo su madre.

—¡Yo solo hice lo que tú me dijiste!

—Mamá, mamá, saca a Trébol de la bolsa —pidió Claudia, angustiada, tirando de la manga de su madre—. Los otros muñecos no los quiero, pero a Trébol sí.

Pero ella sacudió la cabeza, respiró hondo para calmarse y respondió a media voz:

—La he llevado esta tarde a la parroquia, cielo. Pero no te preocupes; mañana iré a buscarlo, ¿vale?

Claudia empezó a llorar otra vez; mientras sus padres trataban de consolarla, Nico se escabulló de vuelta a su habitación, resentido por haber recibido una regañina que consideraba que no merecía; sin embargo, por debajo de la rabia notaba un extraño y angustioso peso en el corazón.

«Pero ella dejó al conejo en el montón de juguetes para donar —se repetía a sí mismo—. No es culpa mía que ya no se acuerde. No es justo que mamá se haya enfadado conmigo por eso.»

2

Todo el mundo ha oído hablar de Omnia

Al día siguiente, en el colegio, Nico no le contó a Mei Ling que se había deshecho del querido peluche de su hermana pequeña. En parte porque aún esperaba que su madre consiguiera recuperarlo, pero también porque seguía molesto con su familia por hacerle responsable de su pérdida.

—Oye, estás muy callado hoy —le dijo Mei Ling en el primer recreo—. ¿Te encuentras bien?

—Sí, es que Claudia no nos ha dejado dormir —respondió él, resentido.

A la niña le había costado mucho conciliar el sueño porque echaba de menos a Trébol.

Mei Ling se rió.

—¡Es lo que tiene tener una hermanita!

—Sí, es un poco pesada —murmuró Nico—. Y muy llorona.

Pasó el resto del día tratando de convencerse a sí mismo de que su madre recuperaría a Trébol sin mayores complicaciones y aquel pequeño drama acabaría por desinflarse hasta convertirse en una anécdota sin importancia.

Por la tarde, cuando su madre llegó a casa, Claudia salió disparada a recibirla:

—¿Dónde está Trébol? Mamá, mamá, ¿y Trébol? ¿No me traes a Trébol?

—Lo siento, cariño —empezó ella con delicadeza—. En la parroquia no estaba.

Claudia la miró con incredulidad.

—¿Qué? ¿Por qué? ¿Dónde está?

—Claudia, lo hemos perdido —trató de explicarle su madre—. No sabemos dónde está. Quizá se lo haya llevado otro niño.

Ella se quedó muy quieta, con los ojos muy abiertos, como si no pudiese concebir una vida sin su peluche. Y Nico casi pudo oír el chasquido de su pequeño corazón al partirse en dos.

Pero Claudia no lloró. Respiró hondo, miró a su familia muy seria y dijo:

—Habrá que poner carteles.

Así que recorrieron el barrio para empapelarlo con anuncios que mostraban la foto de Trébol.

Claudia estaba convencida de que el nuevo dueño de Trébol comprendería al ver los carteles que de ninguna manera podía quedarse un conejo que no era suyo. Nico y sus padres no le llevaron la contraria, aunque sabían que la realidad era muy distinta. La tarde anterior, cuando Claudia no podía oírlos, su madre les había confesado que, en realidad, en la parroquia habían tirado el peluche a la basura. Estaba demasiado viejo como para que pudiesen regalárselo a nadie.

SE BUSCA
PELUCHE

¿HA VISTO UD. A ESTE
CONEJO?

SE RECOMPENSARÁ

—Pero no se lo digáis —les pidió—. Se sentirá mejor si piensa que Trébol está con otro niño.

—Para ella será como si ese otro niño se lo hubiese quitado, mamá —objetó Nico.

—Bueno, siempre es mejor que creer que lo han tirado a la basura, Nico —observó su padre.

Lo dijo con tono neutro, pero para él fue como una acusación. Aunque sus padres no habían vuelto a mencionar el tema, el chico sabía que su familia lo hacía responsable de la pérdida de Trébol. Claudia, de hecho, estaba enfadada con él y no le dirigía la palabra si podía evitarlo.

Todo aquello irritaba a Nico. ¿Por qué montaban tanto escándalo por un simple peluche?

—Pues yo creo que tenemos que decirle que Trébol no va a volver —opinó—. Para que se vaya haciendo a la idea y lo supere de una vez. Porque si no, seguirá buscándolo hasta que lo encuentre.

—O hasta que se canse, Nico. Porque no lo va a encontrar —le recordó su madre.

Nico no respondió.

Un par de días después, Mei Ling le preguntó en un recreo:

—Oye, ¿qué ha pasado? ¿Tu hermana ha perdido su peluche?

—Has visto los anuncios, ¿no? —murmuró él, alicaído.

—Pues sí, la verdad; era difícil no verlos, porque los habéis pegado por todas partes.

Parecía algo desconcertada, y no era para menos; Nico

sabía que a menudo se repartían carteles con fotos de perros o gatos perdidos, pero... ¿peluches? Los peluches no se escapaban de casa. Salvo en el caso de que algún niño estúpido los metiese en la bolsa equivocada, claro.

—Pero ha sido una buena idea —prosiguió Mei Ling, malinterpretando el gesto desconsolado de su amigo—, porque así seguro que lo encontraréis tarde o temprano.

Nico hundió la cara entre las manos, suspiró y por fin le contó que, en realidad, jamás encontrarían al pobre Trébol, porque él lo había metido en la bolsa de los juguetes reciclables, y en la parroquia lo habían tirado a la basura por error.

—¿Y sabes lo que hacen con la basura en los vertederos? ¡La queman! —gimió—. ¿Cómo voy a decirle a Claudia que he matado a su peluche?

—Eh, eh, no dramatices. No has matado a su peluche, porque los peluches no están vivos.

Nico se encontraba mucho mejor ahora que se había sincerado con Mei Ling; hacía tiempo que se le había pasado el enfado, se sentía muy angustiado por el lío que había organizado y no se lo había contado a nadie.

—Ha sido culpa mía —insistió, tozudo—. Yo pensaba que era una chorrada, que no era más que un peluche viejo y que Claudia se olvidaría de él..., pero está triste porque lo echa de menos, no me habla y encima está insoportable porque no duerme por las noches.

—¿No duerme nada?

—Muy poco. Es que se había acostumbrado a dormir

con Trébol. Tiene más peluches pero no hay manera, da vueltas y vueltas y no encuentra la postura. Además está enfadada conmigo, y eso que no sabe que su peluche ha acabado en la basura. Piensa que se lo hemos dado a otro niño.

Mei Ling lo miró, pensativa.

—¿Y por qué no pides a tus padres que le compren otro peluche igual?

—Ya se lo he dicho, pero es imposible. Trébol tenía más de treinta años. Ya no venden peluches como él en ninguna parte. Claudia nunca volverá a verlo.

De hecho, su madre había comprobado que la empresa que los fabricaba ni siquiera existía ya.

Mei Ling calló un momento y después preguntó:

—¿Habéis mirado en Omnia?

—¿Omnia? —repitió Nico.

—Ya sabes, la tienda virtual donde puedes encontrar cualquier cosa. «Todo lo que puedas soñar.» —Mei Ling recitó así el lema de la compañía.

—Ya sé lo que es Omnia —replicó su amigo.

Todo el mundo lo sabía, aunque él nunca había comprado nada a través de su web. Pero su madre sí que había hecho diversos pedidos, normalmente de cosas que no podía encontrar con facilidad en las tiendas o que necesitaba con cierta urgencia; los mensajeros de Omnia eran escrupulosamente puntuales y le llevaban sus pedidos al día siguiente a primera hora, sin falta.

—Pero no creo que vendan peluches viejos —objetó sin embargo.

—¡Venden de todo! Mira, mi abuela encontró en su web la figurita de porcelana que hacía juego con otra que ella tenía, y que le regalaron el día de su boda, hace por lo menos cincuenta años.

—¿Habláis de Omnia? —preguntó otro niño, acercándose a ellos—. Es verdad que lo tienen todo. Mi tío consiguió gracias a ellos el último cromo que le faltaba de una colección que empezó cuando tenía nuestra edad. En el buscador de la tienda le salió que el cromo que quería estaba dentro de un sobre en concreto, él lo compró... ¡y era verdad! Y eso que el sobre estaba cerrado cuando lo recibió...

—Es imposible —saltó Nico—; sería una casualidad.

Pero su compañero hablaba muy en serio y, además, no tardaron en intervenir más niños para contar sus propias historias sobre la extraordinaria tienda virtual:

—Allí es donde venden los patines que vuelan, ¿verdad? Lo he visto por la tele.

—¡Eso no es nada! También tienen una guía de viaje de Saturno con mapas y fotos a todo color.

—Eso es un bulo, hombre. Lo tendrán en la sección de ciencia ficción.

—El otro día salió en el periódico un hombre que decía que había comprado en Omnia un casco romano auténtico. Quiso reclamar a la tienda porque parecía nuevo, pero los expertos le hicieron pruebas y dijeron que tiene más de dos mil años.

—Otro bulo. Como ese de la mujer que devolvió un libro porque no le gustaba el final y se lo cambiaron por otro exactamente igual, pero en el que no moría su personaje favorito.

En aquel momento sonó el timbre y puso fin a la conversación. Mientras todos regresaban a clase, Mei Ling comentó:

—Seguro que casi todo lo que cuentan de Omnia es mentira. Pero, si quieres encontrar un peluche como el que ha perdido Claudia... yo en tu lugar empezaría por ahí.

3

Una inteligencia artificial
en una tienda virtual

Aquella tarde, Nico se acercó a su padre cuando lo vio delante del portátil. Después de echar una mirada a su alrededor para comprobar que Claudia no estaba por allí cerca, el niño le planteó:

—Oye, papá, he pensado... que a lo mejor en Omnia tienen algún peluche parecido a Trébol.

Su padre se quedó pensativo un instante y luego dijo:

—¿Sabes...?, no es una mala idea; hay gente que vende cosas de segunda mano a través de esa web. Es poco probable que alguien tenga un peluche como Trébol y quiera venderlo, pero por mirar...

Mientras hablaba, tecleó en el navegador la dirección de la web de Omnia. Nico contuvo el aliento al ver el logotipo: una esfera que rotaba sobre sí misma, envuelta en una maraña de cables de aspecto tubular. Sustituía a la O inicial del nombre de la tienda; el resto de las letras aparecieron después, una tras otra, como dibujadas por una mano invisible:

OMNIA
TóDo Lo QUE PUEDAS SOÑAR

Su padre accedió al buscador y escribió «conejo de peluche». Inmediatamente, la pantalla se llenó de fotos de adorables conejitos. Los había de todas clases: grandes, pequeños, de felpa, de trapo, con las orejas caídas, sonrientes, tristones, con lazos, con ropita, azules, rosas, blancos..., pero ninguno de ellos se parecía a Trébol. Pasaron a la siguiente página de resultados... y después a la siguiente...

En aquel momento sonó un teléfono. Los dos estaban tan concentrados en su búsqueda que dieron un respingo, sobresaltados.

—Es mi móvil —dijo el padre de Nico, levantándose para cogerlo—. Sigue tú, a ver si hay suerte.

El niño ocupó su lugar y continuó examinando los resultados mientras su padre hablaba por teléfono. Cerró los ojos un momento, cansado ya de ver conejos, y tuvo la sensación de que los peluches bailaban ante él, como si se burlaran de sus esperanzas. Abrió de nuevo los ojos, dispuesto a rendirse y a cerrar el navegador, cuando, de pronto...

Allí estaba Trébol.

O un conejo de peluche muy parecido a él.

Nico pinchó en la foto para verla en grande. En efecto, era como Trébol, pero un poco mejor cuidado; como si, a pesar de las décadas que habían pasado por él, ningún niño hubiese mordisqueado sus orejas ni vomitado sobre él tras un empacho de chuches en una fiesta de cumpleaños.

Nico dejó escapar una exclamación emocionada: no solo era como Trébol; era incluso mejor. Se apresuró a pinchar en el enlace que lo llevaría hasta la ficha del peluche...

... pero ante él se abrió una página de error:

¡Vaya! Lo sentimos mucho, soñador, pero parece que esta no es la página que buscas.

Vuelve atrás para seguir navegando por el lugar en el que todo es posible.

Cancelar	Continuar

Nico contempló el mensaje, horrorizado, y lo leyó varias veces para comprobar que no se había equivocado.

—No, no, no... —murmuró, mientras pinchaba en el botón para retroceder.

La pantalla le mostró de nuevo la página de resultados. Nico la repasó una docena de veces, cada vez más desesperado, pero no volvió a ver al doble de Trébol.

—¿Todavía estás con eso? —preguntó de pronto su padre tras él.

—¡Lo he encontrado, papá! —exclamó Nico, muy nervioso—. ¡Un conejo igual que Trébol!

—¿Qué? Déjame ver.

Nico se hizo a un lado para que su padre tomara asiento

junto a él. Juntos examinaron una vez más la cuadrícula de resultados..., pero Trébol no apareció.

—¿Dónde dices que lo has visto? —inquirió su padre, dudoso.

—Estaba ahí, papá, de verdad. Era como Trébol, pero menos hecho polvo...

—Bueno, eso no es difícil.

Los dos se rieron.

—Pobre Trébol —murmuró Nico después, con una sonrisa melancólica.

Su padre le revolvió el pelo con cariño.

—Venga, no le des más vueltas. Ha sido un palo para Claudia, pero ya se le pasará.

—Pero, papá..., si encuentro ese conejo en la web, ¿lo comprarás?

—Depende del precio... Puede que sea muy barato porque es un peluche muy viejo o que lo vendan muy caro por tratarse de una antigüedad... Con estas cosas nunca se sabe.

Nico siguió buscando en la web, decidido a encontrar aquel conejo costara lo que costase.

Sabía muy bien que lo había visto. Tenía que estar en alguna parte. Pero, aunque revisó los resultados una y otra vez, no volvió a ver al peluche que buscaba.

Al día siguiente compartió su frustración con Mei Ling mientras hacían juntos los deberes en casa de ella.

—Te juro que lo vi —le aseguró—. Igualito a Trébol. Pero ahora ya no lo encuentro.

—A lo mejor lo vendieron en ese mismo momento.

—Ya, es lo que dice mi padre; pero sería demasiada casualidad...

—Hay mucha gente que compra cosas en Omnia todos los días, desde todos los rincones del mundo —señaló Mei Ling.

—Pero, aunque solo tuviesen un peluche como ese y lo hubiesen vendido en ese momento..., no habría desaparecido de la web, ¿no? Quedaría su ficha con un cartel de «Agotado» o algo así.

—Quizá ellos no quieran que se sepa cuándo se les ha agotado alguna cosa —planteó ella con picardía—. Ya sabes, porque siempre lo tienen todo. O eso dicen.

—¿Y cómo puedo saber si se les ha agotado o es un error?

—No sé..., habría que preguntar a los responsables de la tienda.

Nico frunció el ceño. ¿Cómo preguntas a los responsables de una tienda virtual, en la que no puedes encontrar ningún rostro humano al que dirigirte?

—Por teléfono o por correo electrónico —dijo Mei Ling como si le hubiese leído la mente—. Habrá algún formulario de contacto en la web, digo yo.

—Vamos a ver —propuso Nico, súbitamente animado.

Los dos corrieron al ordenador y entraron en la página de Omnia. Mei Ling localizó un interrogante en una esquina, y cuando pasó el cursor por encima, un elegante rótulo apareció sobre él:

La niña pinchó con decisión y la pantalla fundió en blanco.

Y entonces, de pronto, un rostro de mujer se materializó en ella. Tenía el cabello corto y azul, y unos extraños ojos plateados. Cuando les sonrió, no se formó ni una sola arruga sobre su piel perfecta, de un suave color tostado.

—Es una IA —comprendió Nico.

—¿Una qué?

—Una inteligencia artificial, un programa de ordenador. No es una persona de verdad.

Como si hubiese podido escucharlos y entenderlos, la mujer sonrió de nuevo.

—Bienvenidos a Omnia —dijo, y su voz fluyó a través de los altavoces como un río de plata—. Me llamo Nia. ¿En qué puedo ayudarlos?

Nico se aclaró la garganta y cruzó una breve mirada con Mei Ling antes de responder:

—Sí, estooo..., buscamos un conejo de peluche.

—Actualmente disponemos de un catálogo de ciento treinta y siete mil cuatrocientos doce conejos de peluche —informó Nia con amabilidad—. Si quieren ampliar su búsqueda a otro tipo de animales de peluche, podemos ofrecerles cuatro millones trescientos setenta y ocho mil doscientos tres modelos diferentes de ositos, setecientos cuarenta...

—No, muchas gracias —se apresuró a interrumpir Nico—. Solo busco un conejo... Lo vi el otro día en la web pero ahora no lo puedo encontrar.

—Entiendo. ¿Cuál es el número de referencia?

—¿El... qué?

—Todos nuestros artículos están catalogados según un número de referencia que nos permite localizarlos rápida y eficazmente en nuestro extenso catálogo. Si usted es tan amable de...

—Perdón —cortó de nuevo Nico, alarmado—, pero no sé cuál es ese número. Yo vi un conejo de peluche en la web y quise comprarlo, y cuando pinché en el enlace me salió una página de error.

Nia parpadeó lentamente, sin perder la sonrisa, como si no pudiese procesar la expresión «página de error».

—Era un conejo como este —colaboró Mei Ling, plantando ante la pantalla uno de los carteles de la búsqueda de Trébol.

—Disculpe; su webcam no está operativa y no puedo visualizar lo que usted intenta mostrarme.

—Ah. Oh —dijo Mei Ling muy cortada—. Claro. Lo siento.

—Disculpe usted, pero sin el número de referencia no puedo localizar el artículo que está buscando —insistió

Nia—. Si tiene alguna imagen que mostrar para orientarnos en la búsqueda, deberá contactar con el Servicio de Atención al Cliente de su ciudad. Ellos procesarán su imagen y la introducirán en un buscador específico que la comparará con los más de cien millones de fotografías que almacenamos en la base de datos de nuestro servidor...

—Vale, muchas gracias —la cortó Mei Ling, aturdida.

Cerró la ventana del navegador y Nia desapareció en mitad de la frase.

—Eso ha sido un poco grosero por tu parte —opinó Nico.

—Es que me ponía nerviosa —se justificó su amiga.

—Pero si no es una persona de verdad.

—Pues por eso. —Mei Ling inspiró hondo y preguntó, un poco más animada—: ¿Crees que en el Servicio de Atención al Cliente habrá gente de verdad?

—Supongo que sí, ¿no?

Navegaron por la web de Omnia hasta dar con la página de Atención al Cliente. Había una larga lista de direcciones, y los niños tardaron un poco en localizar la de la oficina que estaban buscando. El inventario de lugares donde existía una sucursal de Omnia parecía interminable, y además estaba salpicado de extrañas direcciones que llamaban su atención una y otra vez.

—Aquí dice que tienen una oficina en Laponia —comentó Mei Ling con admiración—. Y otra en la isla de Pascua y..., espera..., ¿Babilonia? «Jardines Colgantes, planta baja, local número doce.»

—«Liliput» —leyó Nico; se le escapó una risita nerviosa—. «Calle Principal, junto al Parque Real, Mildendo.» «Camelot, calle de los Mercaderes.» «La Atlántida.» «El País de las Maravillas»...

—Deja de perder el tiempo con eso —cortó Mei Ling, un poco molesta—. Está claro que es una broma. También hay ciudades reales, mira a ver si encuentras la nuestra.

—¡«Europa»! —exclamó Nico, perplejo.

—Eso no tiene nada de raro, seguro que han abierto muchas oficinas en...

—No, no. «Oficina de Atención al Cliente de Europa, segunda luna de Júpiter; en el interior del cráter Taliesin, en la región de Powys.»

—Sí, venga ya —se rió Mei Ling.

Nico se quedó mirando un momento a su amiga y estalló también en carcajadas. Decidieron pasar por alto aquella extravagante información y siguieron buscando hasta dar con lo que encontraban, aunque los datos también resultaban un tanto desconcertantes.

—«Oficina de Atención al Cliente de Tu Ciudad» —leyó Mei Ling—. «Calle Omnia, sin número.» Me rindo —concluyó con un suspiro—. Esta gente no se toma nada en serio.

Pero Nico ya estaba buscando aquella dirección en el callejero. Se quedó boquiabierto.

—Mira, Mei Ling, sí que existe la calle Omnia. Bueno, más que una calle, es un callejón muy pequeño. Y no está lejos de aquí.

4

Desatención al cliente

No les contó a sus padres que quería ir a la Oficina de Atención al Cliente de Omnia porque no estaba seguro de que les fuera a parecer una buena idea. Pensó, además, que sería más rápido que se acercara él una tarde, descubriera dónde estaba ese conejo y le diera después el dato a su padre para que pudiera comprarlo. Además, aunque no quería admitirlo, pensaba que era su responsabilidad: él había perdido a Trébol y por tanto debía recuperarlo. Por otro lado pensaba que, si iba solo y encontraba el peluche, no tendría que compartir el mérito con nadie y le sería más fácil ganarse de nuevo el cariño y el respeto de su hermana.

Así que le dijo a su madre que iba a pasar la tarde en casa de Mei Ling, y por la mañana guardó en su mochila el callejero y la merienda. Al acabar las clases, los dos se fueron juntos; se despidieron en la esquina de la calle de Mei Ling y Nico se alejó con paso ligero. Llevaba bien estudiada la ruta, por lo que, menos de media hora después, encontró la calle Omnia.

En efecto, no era más que un callejón sin salida, como si alguien le hubiese arrancado un pedazo a la calle para hacer un hueco en el que solo cabían un portal, una farola y un par de contenedores de reciclaje. El portal era en realidad un bajo con una puerta acristalada sobre la cual un cartel pequeño y anodino anunciaba: «OMNIA. Oficina de Atención al Cliente». Desde la calle se veía, al otro lado del cristal, a una joven que contemplaba con aire aburrido la pantalla de un ordenador. Tenía las pestañas muy largas y negras, los labios pintados de un color morado muy oscuro y una alta cola de caballo que recogía su melena lisa y rubia. Junto a ella había una cinta transportadora que conducía a una compuerta cerrada.

Nico pegó la cara al cristal para estudiar el interior del local, pero no vio nada más, aparte del rótulo de la entrada, que indicase que, en efecto, aquel lugar tenía algo que ver con Omnia. De todos modos inspiró hondo, empujó la puerta y entró.

La chica del mostrador levantó la mirada y lo observó con curiosidad mientras el niño avanzaba hacia ella.

—¿Te has perdido? —le preguntó sin rodeos.

Nico se aclaró la garganta.

—Esta es la Oficina de Atención al Cliente de Omnia, ¿verdad? Lo dice en la puerta.

—Pues si lo dice en la puerta, será por algo, ¿no?

Nico abrió la boca para replicar, pero decidió no responder a la impertinencia; en su lugar, sacó de su mochila uno de los carteles con la foto de Trébol y se lo mostró a la chica. Ella se echó hacia delante para mirarlo con atención, y Nico distinguió una chapa prendida en su camiseta que decía: «Hola, soy Greta, encantada de atenderte».

—Estoy buscando un peluche como este —le explicó.

—Oye, niño, esto no es una oficina de objetos perdidos, ¿sabes?

—No busco un objeto perdido, busco un peluche co-mo-es-te —silabeó Nico, un poco molesto—. O sea, que quiero com-prar-un-pe-lu-che-i-gual-que-es-te —repitió, por si la chica era corta de entendederas y no se había enterado.

—Ya lo pillo, chaval —respondió Greta, devolviéndole el papel—. Pero de todas formas has venido al lu-gar-e-qui-vo-ca-do —contraatacó—. Porque resulta que aquí no vendemos nada, ¿eh? Todo se compra a través de la web.

—Ya lo sé —replicó Nico—. Precisamente lo vi en la web y quise comprarlo, pero hubo un problema y Nia me dijo que viniese aquí.

—Ah, Nia —resopló Greta—. Cómo no. Mucha inteligencia artificial y mucho «Oh, qué lista soy», pero cuando hay que quemarse las pestañas... A ver —añadió tecleando en su ordenador con unos dedos de largas uñas pintadas en un tono verde manzana—, dime el número de referencia de ese peluche que estás buscando.

—Si tuviera ese número, no estaría aquí —razonó Nico, cada vez más enfadado—. Nia dijo que podrías buscarlo en la web solo con la foto.

—Nia dijo, Nia dijo... —refunfuñó ella—. Nia dice siempre muchas cosas. Y eso que ni siquiera tiene cuerdas vocales.

Pero cogió la hoja que Nico le tendía y la colocó en el escáner para introducir la imagen en el ordenador. Sus dedos volaron sobre el teclado y luego se echó hacia atrás en su asiento.

—Bueeeeeeno. Pues ahora, a esperar, a ver si hay suerte.

—¿A esperar el qué?

—A que Nia encuentre en la base de datos una foto parecida a la que me has dado. Aunque, la verdad, para eso no hacía falta que vinieses aquí —añadió con un suspiro—. Esto podrías haberlo hecho desde tu casa, ¿sabes?

—Pero Nia dijo...

—Nia dijo, Nia dijo... ¿Y yo qué? ¿Es que no cuenta para nada lo que yo tengo que decir?

Nico no supo qué responder y, por tanto, permaneció callado. Estaba empezando a dudar que hubiese sido una buena idea acercarse por allí. Tenía la sensación de que todas las personas relacionadas con Omnia, reales o virtuales, estaban un poco locas.

Mientras esperaban, la puerta se abrió de nuevo y entró un mensajero con un paquete.

—Devolución —informó, depositando la caja sobre la cinta transportadora.

La chica del mostrador asintió y pasó un lector de códigos de barras por encima de la etiqueta.

—¿Motivo de la devolución? —inquirió.

—Dirección incorrecta —respondió el mensajero.

Ella anotó el dato en el ordenador, pulsó un botón y la cinta transportadora se puso en marcha, arrastrando el paquete hacia la compuerta, que se abrió con un leve chirrido.

—Grrr, ese ruido me pone de los nervios —se quejó Greta—. ¿Por qué no engrasarán ese cacharro de una vez?

El mensajero se encogió de hombros. La joven firmó el papel que él le tendía y estampó sobre su autógrafo un sello con el logotipo de Omnia.

—Hasta mañana —se despidió el mensajero.

—Sí, sí, lo que sea —suspiró Greta agitando la mano con desgana.

Nico pensó que no parecía, precisamente, encantada de atender a nadie.

5

Razones para deshacerse
de un acuario para sirenas

El paquete ya había desaparecido al otro lado de la abertura, y la compuerta volvió a cerrarse con otro chirrido que hizo que Greta apretase los dientes con indignación. Cuando el mensajero se hubo marchado, Nico, que se había quedado mirando la compuerta con curiosidad, osó preguntar:

—¿Así es como vuelven al almacén las cosas que la gente no quiere?

—¿Aún sigues ahí? —replicó ella—. ¿A qué estás esperando?

—A que me digas si tenéis o no ese peluche en la web.

—Ah, claro. Bueno, si lo has visto en la web es que lo tenemos, eso seguro. Y si hubieses apuntado el número de referencia...

—Sí, sí, ya lo sé. Pero bueno, dime..., ¿está o no está?

Greta no respondió. Se quedó un instante mirando la pantalla, cliqueó con el ratón un par de veces y después esbozó una media sonrisa triunfante.

—¿Es este? —preguntó, girando el monitor para que Nico pudiese ver lo mismo que ella.

El niño reprimió un grito de alegría. Allí estaba el doble de Trébol, con un aire tan inocente como si jamás hubiese desaparecido misteriosamente de la pantalla del ordenador de su padre.

—¡Sí, sí, es ese! ¿Lo puedo comprar?

—Aquí, no —respondió Greta; su mirada se suavizó un poco al detectar la emoción del niño—. Mira, te anoto el número de referencia y con eso ya puedes comprarlo desde tu casa, ¿vale?

—¡Sí, sí, muchas gracias!

Greta arrancó un post-it del taco y apuntó el dato que Nico necesitaba. Pero entonces sus ojos se quedaron fijos en la pantalla.

—Oh —dijo entonces—. Es un código 272.

Y volvió a mirar a Nico, esta vez sinceramente apenada, mientras le entregaba el post-it con el número de referencia.

—¿Y eso qué quiere decir? —preguntó él con inquietud, tomando el papel que ella le tendía.

—Pues que lo tienen en el almacén, pero no saben dónde. Que se ha traspapelado, vamos.

—¿Traspapelado? ¡Si no es un papel!

—Tú ya me entiendes. Es como cuando pones una lavadora y al sacar la ropa descubres que te falta un calcetín. No sabes dónde ha ido a parar, te vuelves loca buscándolo pero no lo encuentras, y luego aparece donde menos te lo esperas cuando ya te habías olvidado de él. —Se quedó pensativa un momento, meditando profundamente sobre los misterios de las prendas perdidas—. Pues eso, chaval —concluyó con aire solemne—, es un código 272.

—¿Un calcetín que no aparece?

—No. —Greta le dirigió una mirada condescendiente—. Es un artículo que no está donde se supone que debería estar.

—Bueno, pero lo pueden buscar, ¿no?

—Tú puedes buscar en tu casa un calcetín perdido —apuntó ella—. Pero el almacén de Omnia es gigantesco. —Abrió los brazos todo lo que pudo, como si pretendiese abarcar con ellos el mundo entero—. Millones de artículos ordenados en miles de estantes agrupados por departamentos, sectores, corredores y no sé qué más cosas. Cada cosa tiene un número de serie que les dice a los operarios del almacén dónde pueden encontrarla exactamente. Si no está donde debe estar..., podría estar en cualquier parte.

—Pero lo pueden buscar —insistió Nico, tozudo—, aunque tarden un poco...

—¿Un poco? —Greta se rió—. Mira, puedes pedir un artículo del catálogo marcado con el código 272 y Nia te informará de que es posible que tarden más de un día en enviártelo...

—Pero lo enviarán, ¿verdad?

—Ah, ahí está el truco —Greta se inclinó hacia él con ademán conspirador para susurrarle—: Omnia se compromete siempre a enviarte tu pedido en menos de veinticuatro horas; si no lo hace, tienes derecho a que te devuelvan el dinero y te envíen un regalo de valor similar. Si pides algo con código 272 y te informan de que no te lo pueden mandar dentro de ese plazo, y tú respondes que no te importa, que esperarás..., puede salirte barba esperando. Y no tienes derecho a reclamar, porque has rechazado la Compensación Por Incumplimiento de Condiciones. Está en los Términos y Condiciones de Uso, capítulo cuarto, sección séptima, párrafo efe. En la letra pequeña.

—Vaya —acertó a decir Nico, impresionado.

—Por eso —prosiguió Greta—, es mejor que pidas ese peluche y luego aceptes la Compensación por Incumplimiento. Te devolverán el dinero y encima te enviarán un peluche gratis a casa.

—Pero yo no quiero un peluche cualquiera. Yo quiero ese peluche, no otro.

Greta suspiró.

—Eres cabezota, ¿eh? Bueno, pues pídelo si quieres, pero luego no te quejes si te lo mandan dentro de trescientos años. Como mínimo.

—No puede ser. Seguro que yo lo encontraría mucho antes.

—¿En el almacén de Omnia? Si entras ahí sin número de referencia, tendrás suerte si vuelven a encontrarte a ti.

Nico abrió la boca para replicar, pero en aquel momento la puerta volvió a abrirse y entró otro mensajero, joven y bastante nervioso. Solo le faltaba llevar la palabra «novato» escrita en la frente.

Se detuvo ante el mostrador y los miró, con aspecto de estar muy perdido.

—¿Es aquí... uh... la Oficina de Atención al Cliente de Omnia?

—¿Es que no sabes leer? —soltó Greta con su sarcasmo habitual—. Lo pone bien claro en la puerta.

—Sí, uh..., por supuesto.

—¿Devolución? —preguntó Greta.

—¿Eh? Sí, sí...—farfulló el pobre mensajero rebuscando entre sus papeles—. Aquí lo tengo todo.

—¿Motivo de la devolución? —siguió indagando ella, implacable.

El mensajero se apresuró a buscar el dato.

—Sí, uh... código...—Se interrumpió de pronto y frunció el ceño—. Debe de ser un error, ¿no?

—Déjame ver.

El chico le tendió el papel, agradecido; mientras lo cogía, Greta lanzó una mirada a Nico.

—¿Y tú qué haces aquí todavía? Ya tienes el número de referencia que querías, ¿no? Pues vete a casa y apáñatelas con la emperatriz de los gigabytes; aquí no se te ha perdido nada, ¿oyes?

Nico asintió, mortificado; recogió su mochila y se dispuso a marcharse. Pero la conversación que se desarrollaba a sus espaldas lo dejó clavado en el sitio.

—Código 56 —decía Greta—. «El artículo es exactamente lo que el cliente había pedido.»

—Pero eso no tiene sentido. ¿Por qué iba a devolver algo que es exactamente lo que ha pedido?

—Bueno, hay gente que ve cosas curiosas en la web y las

compra pensando que son una especie de broma. Y luego no sabe qué hacer con ellas. ¿Has visto la descripción del artículo? «Acuario para sirenas.» Si no tienes ninguna sirena en casa, ¿para qué necesitas un acuario tan grande?

El mensajero dejó escapar una risita nerviosa.

—A lo mejor creía que la sirena venía incluida, ja, ja —bromeó.

Greta le disparó una mirada gélida.

—Omnia no vende seres vivos de ninguna clase —replicó—. Términos y Condiciones de Uso, capítulo segundo, sección undécima, párrafo siete hache. En letra bien grande.

—Sí, uh, claro, disculpa. ¿Me firmas el papel para que pueda... uh... marcharme? ¿Por favor?

—No te puedo firmar el papel hasta que entregues el objeto de la devolución, hombre.

—Ah, sí, claro. Es que es una caja bastante grande y pesada...

—Venga, te ayudaré —suspiró Greta.

Nico los siguió a ambos con curiosidad. Fuera, a la entrada del callejón, estaba aparcado el camión de reparto. El niño observó fascinado cómo Greta y el mensajero sacaban de su interior una enorme caja y la cargaban entre los dos hasta la oficina. Se apresuró a abrirles la puerta y se coló tras ellos discretamente, sin que se dieran cuenta.

—Bufff —resopló Greta mientras depositaban la caja sobre la cinta transportadora—. Qué horror, es la tercera esta semana. No sé a quién se le ocurriría poner este armatoste como artículo del mes. Hay demasiada gente que compra cosas sin pensar y luego, claro, pasa lo que pasa. Además de que no es precisamente el mejor acuario para sirenas que tenemos en la web. Es demasiado pequeño.

—Entiendo —farfulló el pobre mensajero aunque, en realidad, era imposible que entendiera gran cosa—. Y ahora... uh..., ¿me firmas el resguardo, por favor?

Mientras Greta volvía a situarse en su puesto detrás del ordenador y el repartidor la seguía con sus papeles en la mano, Nico contempló la enorme caja, pensativo. La habían colocado de lado para que se ajustase mejor a la superficie de la cinta transportadora, y parecía que no habían cerrado bien el embalaje. Nico se acercó en silencio y tiró del extremo de la cinta aislante para abrir un poco la caja. El sonido quedó ahogado por el del mecanismo de la cinta transportadora al ponerse en marcha, y Nico retrocedió, alarmado, cuando la caja comenzó a moverse hacia la compuerta, que ya se abría con aquel espantoso chirrido que tanto molestaba a Greta. Echó un vistazo a la chica y al repartidor, que continuaban enfrascados en sus papeles, y después contempló la caja que se alejaba... hacia el gran almacén de Omnia, donde, según tenía entendido, se encontraba el peluche que estaba buscando.

Y una idea cruzó su mente como un relámpago.

El hueco que había abierto en la caja era lo bastante grande como para permitirle el paso, si se encogía un poco. Y, si se trataba de un acuario, tal vez pudiese esconderse dentro... y salir después, al otro lado de la compuerta, para buscar en el almacén.

No lo pensó más. Aprovechando que Greta y el mensajero no miraban, agarró su mochila, avanzó de puntillas junto a la cinta transportadora, agachándose para quedar oculto por la mole de la caja, y tiró de la solapa de cartón para abrirla un poco más. Un arroyo de bolitas blancas de porexpán se deslizó por el hueco, y Nico se apresuró a volver a introducirlas a puñados, mientras trepaba a la cinta como podía. Logró deslizarse en el interior de la caja y cerrar la tapa de cristal justo cuando atravesaba la compuerta... directo al corazón de Omnia.

Aún oyó tras él las voces de Greta y el repartidor.

—Oye, uh... esa caja se ha movido.

—Sí, claro —replicó la chica con sarcasmo—. Será que de verdad lleva una sirena dentro.

—No, claro, ja, ja..., qué tontería.

6

Entubado

Nico dejó de oír sus voces en cuanto se cerró la compuerta. Durante unos inquietantes segundos estuvo sumido en la más profunda oscuridad, mientras el chirrido del mecanismo reverberaba aún en sus oídos. De pronto, el suelo se hundió bajo sus pies y sintió que caía al vacío. Gritó, asustado, imaginando que él y el acuario se estrellarían contra el suelo…, pero entonces oyó un extraño sonido de succión y algo lo absorbió con fuerza junto con su refugio de cristal y la caja que lo contenía. Sintió que todo daba vueltas, y rebotó varias veces contra las paredes del acuario, envuelto en una nube de porexpán. Por fin la caja se estabilizó y Nico se acurrucó en su fondo, tosiendo para escupir las bolitas blancas que casi había tragado sin querer.

Después, todo a su alrededor se volvió algo más claro y un rayo de luz se filtró por el agujero de la caja. Nico se incorporó un poco para atisbar a través del hueco… y se quedó mudo de asombro.

El acuario se deslizaba a gran velocidad por el interior de un enorme tubo transparente que transportaba una interminable hilera de cajas, de todas formas y tamaños. El tubo se elevaba por encima de la ciudad, atravesando las nubes, y se perdía en el horizonte. Nico, aterrorizado, deslizó la tapa del acuario para abrirlo y trató de salir de la caja; pero en el conducto soplaba un viento huracanado que le cortó la respiración y lo obligó a volver a refugiarse. Tuvo que conformarse con mirar a través del hueco y tratar de adivinar adónde conduciría aquel extraño tubo. No pudo evitar visualizar a un gigante sorbiendo por una enorme pajita, y se estremeció al imaginar que todas aquellas cosas pudieran acabar en el interior de una boca descomunal. Comprendió que aquello era bastante improbable y se obligó a relajarse y a recordarse a sí mismo que aquella enorme tubería solo podía desembocar en un lugar: el almacén central de Omnia.

Se acomodó, por tanto, en el interior del acuario, y esperó.

Al cabo de un rato, la caja empezó a dar tumbos, arriba y abajo, y Nico saltaba en su interior como si viajase en una montaña rusa sin cinturón de seguridad. De pronto, el tubo descendió de golpe, y los artículos que transportaba se precipitaron al vacío. Nico, con el estómago revuelto y la respiración entrecortada, se pegó a la pared de cristal para mirar a través del orificio que había en el cartón. Vio que la caja seguía descendiendo por el interior del tubo... hasta que, de pronto, se hundió en el mar.

Nico lanzó una exclamación de sorpresa y contempló, maravillado, cómo todas las cajas se deslizaban, una tras otra, a través de aquel conducto que surcaba las aguas como un interminable túnel submarino. A medida que descendía, la luz se iba atenuando; pero, justo antes de quedar sumido en la oscuridad total, el tubo se iluminó con una suave fosforescencia azulada. Las cajas, y Nico con ellas, descendieron un buen rato hasta llegar al fondo del mar, donde el conducto recuperó la horizontalidad y continuó, siguiendo el lecho oceánico, hasta perderse en la penumbra con la elegante ondulación de una gigantesca serpiente luminiscente. Las cajas viajaban por su interior, a salvo del agua y la presión, dirigiéndose inexorablemente hacia un destino desconocido.

Nico se sentía demasiado sorprendido como para asustarse por el hecho de estar atrapado en una enorme tubería en el fondo del mar. ¿Acaso era allí donde se encontraba el almacén de Omnia? Se imaginó algún tipo de base submarina parecida quizá a un búnker, pero comprendió que algo así sería demasiado pequeño. Tal vez la central de Omnia fuera una fabulosa ciudad oculta en las profundidades oceánicas y protegida por una enorme cúpula. ¿Cómo serían las personas que trabajarían en ella? ¿Cómo se comunicarían con la superficie?

A través del cristal contempló, admirado, los peces que nadaban en el exterior, iluminados por aquel suave resplandor azulado. Retrocedió, alarmado, cuando un enorme tiburón se precipitó sobre él..., pero el escualo nadó por encima del tubo y se alejó en la oscuridad. Un poco más tranquilo, Nico se dedicó a disfrutar del paisaje submarino. Bancos de peces, mantarrayas, serpenteantes morenas... Sonrió al ver un grupo de medusas que navegaban blandamente hacia él; se estrellaron contra el tubo de cristal y resbalaron sobre él hasta que lograron sortearlo y proseguir su camino. Un rato después le pareció distinguir a lo lejos la enorme sombra de algún tipo de ballena, pero estaba demasiado oscuro y no pudo verla con claridad.

Finalmente Nico, arrullado por el ronroneo del viento y agotado después de tantas emociones, se acurrucó en el fondo del acuario y, casi sin darse cuenta, se quedó dormido.

Cuando despertó, un buen rato después, la caja seguía viajando por el interior del conducto, surcando el fondo del océano. Al principio se asustó al ver la hora porque pensó que sus padres estarían preocupados; pero después decidió que, al fin y al cabo, no podía hacer nada para salir de la tubería, y se prometió a sí mismo que los llamaría desde el almacén en cuanto llegara.

Lo que sí hizo fue abrir la mochila en busca de sus provisiones, porque tenía hambre y mucha sed. Se alegró de haberse llevado la merienda, y devoró medio bocadillo mientras trataba de calcular cuánto tardaría en llegar a su destino. La sede central de Omnia no podía estar muy lejos, puesto que los pedidos tardaban siempre menos de veinticuatro horas en llegar a su destino.

Aun así, tuvo que esperar un rato hasta que sintió que subía, como si estuviese en el interior de un ascensor, y se asomó al hueco para mirar al exterior. El tubo se enderezaba hasta quedar completamente vertical, y los artículos, uno tras otro, se elevaban en fila hacia la superficie.

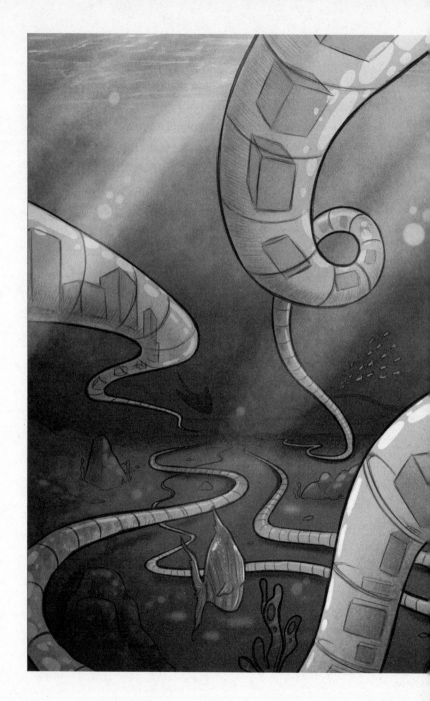

Sonrió mientras un cosquilleo de emoción aleteaba en su pecho. ¡Por fin iba a salir del agua! Las cajas seguían ascendiendo, y poco a poco se iba desvaneciendo la oscuridad a su alrededor. Finalmente, la claridad que procedía de la superficie disipó las tinieblas submarinas, y el resplandor azul del tubo se apagó. Nico pegó la nariz al cristal, fascinado, y se quedó contemplando el agua que lo rodeaba, herida ya por los rayos del sol. Y entonces, justo cuando comenzaba a impacientarse, el tubo lo condujo fuera del mar.

Nico lanzó una exclamación de sorpresa al verse de nuevo elevado por los aires. Trató de asomarse un poco más para ver el exterior; pero en aquel punto el conducto se curvaba una vez, y después otra, y otra más, y las cajas empezaron a dar bandazos. Nico se vio zarandeado durante un buen rato entre bolitas blancas que saltaban a su alrededor, mientras el túnel atravesaba un manto de nubes, y subía y bajaba, y torcía a un lado y luego a otro... hasta que por fin la tubería volvió a enderezarse y el niño, aún mareado, se arrastró hasta el orificio de cartón para asomarse fuera.

Lo que vio lo dejó sin aliento.

Más allá, sobre la superficie del mar infinito, se alzaba una isla. Casi toda ella estaba ocupada por un gigantesco y fantástico edificio que no guardaba ninguna semejanza con ningún otro que Nico hubiese visto jamás. Parecía haber sido construido con burbujas multicolores, lo que le daba una cierta apariencia de racimo de uvas puesto del revés. Cada una de aquellas burbujas formaba algún tipo de módulo, cuajado de hileras de pequeñas ventanitas; y todos es-

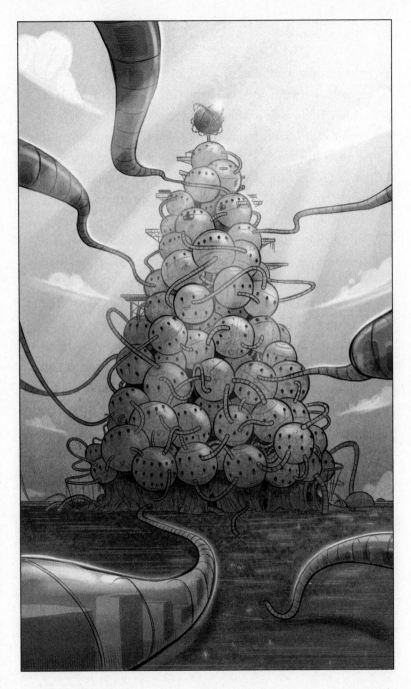

taban interconectados entre sí por tuberías de cristal que rodeaban el edificio y lo envolvían como una maraña de cables. Algunos de aquellos conductos se alejaban de la isla en todas direcciones, hundiéndose en el mar o perdiéndose en el horizonte. Por su interior desfilaban todo tipo de paquetes con un desconcertante ritmo propio, como si avanzaran todos al mismo compás; unos salían del edificio, otros eran absorbidos por él.

Aquel curioso sistema le recordó a Nico a un inmenso corazón que latía, impulsando sangre a través de una vasta red de arterias. Y fue entonces cuando comprendió que él se encontraba en el interior de uno de esos tubos.

Y que estaba a punto de llegar al corazón de Omnia.

No tuvo tiempo de pensar más en ello: el tubo torció hacia abajo y se precipitó hacia el edificio. Nico gritó, creyendo que se iba a estrellar contra la pared; pero los paquetes cayeron, uno tras otro, por un orificio de entrada, y él se vio de pronto en el interior de aquel extraordinario almacén.

7

Artículo defectuoso

Tuvo la sensación de que algo lo recogía en el aire muy suavemente y lo depositaba en el suelo..., un suelo que se movía. El niño se asomó fuera del acuario; el fuerte viento que lo había obligado a refugiarse dentro durante el viaje había cesado, de modo que apartó del todo la tapa de cristal y sacó medio cuerpo por el borde.

Descubrió que se encontraba en una enorme sala circular cuyo techo y paredes estaban repletos de enormes ventanas redondas. Por ellas entraban los paquetes, uno tras otro; y unas gigantescas manos metálicas, unidas a larguísimos brazos articulados, los cogían y los colocaban sobre una cinta transportadora que atravesaba toda la estancia y desaparecía por una gran compuerta, llevándose los artículos de regreso al interior del complejo.

Nico, maravillado, salió del acuario y se quedó en cuclillas sobre la cinta para no perder el equilibrio. Miró a su alrededor y solo vio los brazos mecánicos, que se alzaban, recogían los paquetes y los depositaban sobre la cinta, una y otra vez. Nico calculó que habría, tal vez, medio centenar; estaban anclados al suelo, y había dos justo debajo de cada ventana. Se movían con rapidez, elegancia y precisión, y atrapaban los paquetes, fueran grandes o pequeños, sin que se les cayera ninguno.

Nico no vio ninguna puerta en la sala; las únicas salidas eran las compuertas a las que conducían las cintas transportadoras, por lo que se sentó sobre la suya y se dejó llevar como una mercancía más.

Atravesó la compuerta para llegar hasta una habitación más pequeña, y lanzó una exclamación de asombro al ver dos hileras de pequeños robots de seis brazos trabajando a ambos lados de la cinta. Cogían un paquete, escaneaban el código con el visor, imprimían un sello en el envoltorio y lo volvían a dejar sobre la cinta. Nico los contempló un ins-

tante, fascinado, hasta que se dio cuenta de que la cinta lo precipitaba hacia uno de los robots; trató de retroceder, pero el robot lo pescó limpiamente y lo acercó a su visor. Nico estaba asustado, pero no pudo evitar soltar una risilla cuando las seis manos mecánicas del robot lo examinaron por todas partes en busca de la pegatina con su código.

—¡Para, para, me haces cosquillas! —protestó.

El robot no pareció comprenderlo. Siguió examinándolo, y Nico se retorció de risa. Pero se calló de pronto cuando una de las manos del robot le estampó un código numérico en la frente. Nico se palpó, sorprendido e indignado.

—¡Oye! ¿Qué me has hecho?

El robot no respondió. Lo alzó entre sus brazos, a pesar de las protestas y pataleos del niño, y rodó con él hasta colocarlo sobre otra cinta transportadora, mucho más pequeña. Nico contempló, desconcertado, cómo su nueva ruta lo llevaba lejos de su acuario y del resto de los paquetes que lo habían acompañado hasta ese momento. Se encogió un poco sobre sí mismo, inquieto, cuando traspasó la compuerta que lo condujo fuera de la sala de los robots.

Emergió en otra habitación, esta vez más pequeña. Respiró, aliviado, al ver por fin a un ser humano. Se trataba de un hombrecillo medio calvo, pálido y bajito, que vestía un uniforme blanco, adornado con un pequeño logo de Omnia en el costado. Estaba sentado ante un escritorio situado justo junto a la cinta transportadora. Ante él, sobre la mesa, tenía un ordenador y varios artefactos con forma de pistola.

Realizaba un trabajo similar al de los robots, pero más lento y meticuloso. Cogía un paquete, examinaba el código que llevaba impreso, tecleaba algo en el ordenador y elegía una de las pistolas de la mesa. Nico observó que servían para pegar etiquetas en los envoltorios, pero estaba demasiado lejos para ver qué ponían.

Cuando por fin llegó ante la mesa del empleado, la cinta transportadora se detuvo. El hombrecillo miró fijamente a Nico y después elevó la vista hasta el código que el robot le había estampado en la frente.

—Vaya, vaya —murmuró por fin; tenía una voz curiosa, lenta y cansada, pero extrañamente chillona—. ¿Qué tenemos aquí?

Nico se quedó un momento inmóvil, desconcertado; pero enseguida recuperó la voz y logró decir:

—Perdón... Yo... es que no sabía cómo llegar hasta aquí, y se me ocurrió...

Pero el hombrecillo no lo escuchaba. Había extraído una enorme lupa de uno de los cajones y lo observaba con detenimiento, como si se tratase de una nueva y rara especie de escarabajo. Nico lo miró a su vez, y descubrió que llevaba una plaquita identificativa con su nombre («Oswald») prendida en el uniforme.

—Código 5J97..., curioso —comentó por fin, examinando la frente del niño—. No es el lugar donde yo te ubicaría.

—Ah, ¿no? —se atrevió a decir Nico, aunque no sabía de qué le estaba hablando.

—Claro que no.

El hombrecillo sacó entonces un voluminoso libro y lo dejó caer con esfuerzo sobre la mesa. Nico leyó el título: *Omnia. Instrucciones para empleados.* Aguardó pacientemente a que Oswald encontrara la página que estaba buscando y lo miró con desconcierto cuando se subió las gafas y dijo en tono triunfal:

—Aquí, ¿lo ves? Ya lo sabía yo. Sector 5J97, Ropa Infantil. Tú no eres ropa, ¿verdad?

—Yo..., bueno, llevo ropa —acertó a responder Nico.

—Exacto. Las prendas de vestir sí que las podemos llevar al sector 5J97, pero no lo que hay dentro; así que, por favor, desnúdate, que vamos con retraso.

Nico parpadeó.

—¿Cómo ha dicho?

—Que te quites la ropa para que la podamos devolver a su sección.

—Ah..., oh —dijo Nico—. Lo siento, pero prefiero dejármela puesta, si no le importa.

Oswald descargó un manotazo sobre el escritorio y el niño dio un respingo, sobresaltado.

—¡Pues sí que me importa! Porque no puedo catalogarte a ti en la Ropa Infantil, ¿entiendes?

—Ah... Bueno..., quizá pueda catalogarme en otro sitio. ¿Niños, tal vez? —sugirió Nico, esperanzado.

El hombrecillo le dirigió una mirada suspicaz.

—Tenemos muchas cosas para niños. Pero tú no eres una cosa. Eres un niño.

—Sí..., claro, soy un niño —confirmó Nico, sin entender adónde quería ir a parar.

—En Omnia vendemos cosas. No personas ni seres vivos de ninguna clase. Términos y Condiciones de Uso, capítulo segundo, sección undécima, párrafo siete hache.

—¡Ah! —exclamó Nico al comprenderlo por fin—. Sí, ya me lo habían dicho. Pero es que ustedes no tienen que venderme. Yo no soy un artículo de la tienda.

Oswald dejó escapar una carcajada.

—No digas tonterías, niño. Has venido desde Devoluciones y llevas un Código de Artículo, así que eres un artículo —razonó—. Uno que el cliente no ha querido, por cierto. Probablemente estés defectuoso —añadió, dirigiéndole una mirada desdeñosa.

—¿Qué? —protestó Nico, indignado—. ¡Yo no estoy defectuoso! ¡Y nadie me ha devuelto! He venido yo solo porque he querido...

—No me tomes el pelo —replicó el hombrecillo, que se iba poniendo rojo de ira por momentos—. ¡En Omnia solo entran y salen los artículos!

—Y entonces, ¿cómo llegó usted hasta aquí? —contraatacó Nico.

—¡Eso no viene al caso! —chilló Oswald—. ¡Te han enviado aquí desde Devoluciones para que te catalogue, y eso es lo que voy a hacer, según el código de Artículo que llevas en la frente!

Saltó de su silla muy decidido, y Nico pudo comprobar que era aún más bajito de lo que parecía. Retrocedió, asustado, cuando lo vio elegir un lector de códigos y apuntarle con él a la cabeza. Pero Oswald lo agarró de la manga para que no se le escapara y le puso el lector sobre la frente de todos modos. El aparato hizo «Piiiiii» y se encendió en él una lucecita roja que enseguida cambió a verde. Oswald soltó a Nico y observó la pantalla del ordenador.

—Ajá, ¿lo ves? —exclamó con tono triunfal—. ¡Código 5J97, Ropa Infantil! Así que no me hagas perder más el tiempo y quítate la ropa que llevas puesta para que pueda devolverla a su departamento. ¿Has entendido?

—No —se rebeló Nico—. Mi ropa es mía y no me la pienso quitar.

—Muy bien, tú lo has querido —suspiró Oswald, y presionó un botón de había bajo su mesa.

8

Propiedad de la compañía

Al instante, una de las paredes se disolvió y en ella apareció, como si de una pantalla se tratase, la imagen de Nia, la asistente virtual de Omnia, con su pelo azul y sus ojos de plata.

—¿En qué puedo ayudarlo, empleado Oswald de Devoluciones? —preguntó sonriente.

—Llama a Seguridad, Nia —ordenó él, muy serio—. Tenemos un código 9.

—Inmediatamente, empleado Oswald.

El rostro de Nia desapareció y la pared volvió a ser una pared. Se oyó un zumbido y Nico se encogió, inquieto, mientras el hombrecillo volvía a trepar a su asiento, visiblemente satisfecho.

Entonces se abrieron varias puertas y por ellas entraron media docena de robots que rodaron hasta Oswald, esperando instrucciones.

—Quitadle la ropa —ordenó él—, es propiedad de la compañía.

—¡Eh! —intentó protestar Nico—. ¡Eh, no, dejadme en paz!

Pero no sirvió de nada. Los robots lo rodearon y lo aferraron entre todos y, aunque pataleó con todas sus fuerzas, no logró impedir que lo desnudaran con sorprendente rapidez y eficacia. Se acordó en el último momento de recuperar de su bolsillo el post-it que le había dado Greta con el número de referencia del peluche, y lo sujetó con fuerza para que los robots no se lo quitaran. Pero ellos solo estaban interesados en su ropa. Por fin, Nico se quedó de pie, temblando, en calzoncillos y camiseta interior, mientras uno de los robots comenzaba a pegar sellos con códigos por todas las prendas que le habían quitado. Oswald lo miró desde su silla.

—Bien, parece que las cosas vuelven a la normalidad, ¿eh? —comentó, complacido—. Nada fuera de lugar, nada fuera de control. Así es como debe ser.

—¡Esto no tiene nada de normal! —se enfadó Nico—. ¡Devuélveme mi ropa o...!

—No es tu ropa; pertenece a Omnia —le corrigió Oswald—. Pero tú no puedes andar por ahí con esas pintas, eso es verdad. No es apropiado.

Pulsó otra vez el botón rojo y el rostro de Nia se materializó en la pared.

—¿En qué puedo ayudarlo, empleado Oswald de Devoluciones? —preguntó de nuevo.

—Que se lleven a este niño a la sección de Personal —ordenó Oswald—. Como aquí no vendemos niños, nadie puede haberlo devuelto. Así que tiene que ser un empleado, o tal vez un aprendiz. Y ha de llevar su uniforme y cumplir con su tarea en el departamento que se le asigne. ¿No es así?

—Así es como debe ser, empleado Oswald —respondió Nia.

Entonces, como si estuviesen obedeciendo una orden silenciosa, los robots volvieron a rodear a Nico y lo apartaron de la cinta transportadora. El niño se volvió hacia Oswald, pero este había vuelto a centrarse en la pantalla de su ordenador y no le prestaba atención. Nico localizó entonces su mochila, que se había caído de la cinta, y estiró la mano para recuperarla. Los robots lo empujaban hacia la salida, pero no trataron de quitarle la mochila, y Oswald tampoco se dio cuenta de que la llevaba. Bien aferrado a ella, Nico se dejó conducir fuera de la sala, un poco asustado todavía, pero contento de perder de vista al irritable hombrecillo.

Los robots lo llevaron a través de un largo pasillo bañado por luces blancas. Por él circulaban más robots. La mayoría se desplazaban sobre ruedas, pero había otros que se movían con varias patas articuladas o incluso sobre dos piernas, lo que les confería un aspecto inquietantemente humanoide. Algunos eran solo pequeñas bolas con ruedas; otros tenían tronco, varios miembros o ninguno, pero todos compartían el emblema de Omnia y la misma cabeza esférica, rodeada de un anillo de pequeños orificios oculares. También había empleados humanos, todos con el mismo uniforme blanco, que se afanaban de aquí para allá. Todos parecían muy ocupados y no prestaron atención a los robots ni al niño semidesnudo al que escoltaban. Nico sí se fijó en ellos; había hombres y mujeres, de diferentes etnias y edades, pero ningún niño. De pronto dio un respingo al descubrir a un empleado que no era humano, ni tampoco un robot; se trataba de un individuo muy alto, de extremidades largas y delgadas como fideos, que avanzaba por el pasillo como si se deslizara sobre patines, aunque calzaba los mismos zapatos que los demás. Su rostro también era alargado y de un pálido color verdoso; no tenía nariz, y tampoco cabello, y sus pupilas eran apenas dos finas rendijas verticales.

—¡Eh! —exclamó Nico, sorprendido—. ¿Qué es eso?

Se detuvo para observar mejor al extraño empleado; este le devolvió una mirada indiferente y siguió su camino, y los robots obligaron a Nico a continuar andando.

—¿Qué era eso? ¿Qué era eso? —insistió el niño, muy nervioso.

Pero los robots no respondieron.

A lo largo del trayecto se cruzó con otros empleados peculiares. Vio a una joven de cuatro brazos y piel rojiza que ca-

minaba por el corredor con elegancia, moviendo una larga cola tras ella; a otro ser con orejas puntiagudas y una nariz en forma de trompa; a una especie de mujer-serpiente que reptaba pasillo abajo con la mirada fija en la pantalla de su tableta, muy concentrada en lo que leía; y a un grupo de criaturitas voladoras que se apresuraban hacia alguna parte, parloteando animadamente entre ellas y zumbando como un enjambre de avispas inquietas. Todos, tanto humanos como seres extraños, llevaban el uniforme blanco de Omnia, adaptado a su morfología.

«¿En qué clase de sitio me he metido?», se preguntó Nico, perplejo.

Con todo, los humanos eran mayoría, y ninguno de ellos parecía extrañado por la presencia de las otras criaturas. Nico, aturdido, intentó no fijarse en ellas tampoco. Se concentró en el recorrido; a derecha e izquierda se abrían nuevas galerías que conducían a otras secciones, y se puso a leer los carteles al pasar: «Administración», «Empaquetado», «Envíos», «Expansión Intermundial», «Catalogación»... Más allá descubrió un letrero que decía: «Almacén, sector 3G», y recordó de golpe por qué estaba allí: ¡el peluche para Claudia!

Pero, justo cuando estaba a punto de zafarse de los robots para seguir las indicaciones, ellos giraron, todos a una, para conducirlo por un pasillo lateral rotulado de una forma extraña:

~~RECURSOS HUMANOS~~
PERSONAL

Oswald había dicho que allí le darían ropa, y Nico tenía frío; así que se sintió aliviado por haber llegado al fin a su destino. Ya tendría tiempo para buscar el peluche cuando estuviese vestido.

La sección de Personal (después de lo que había visto en el pasillo, a Nico no le extrañaba que ya no la denominaran «Recursos Humanos») consistía en una pequeña sala de espera con unas cuantas sillas y un despacho mucho más grande al fondo. Los robots dejaron a Nico ante la puerta del despacho, dieron media vuelta y se marcharon rodando.

El niño estuvo tentado de seguirlos, pero entonces una voz lo detuvo:

—¿Eres nuevo? Si es así, pasa; no tengo todo el día.

Nico tragó saliva y entró en el despacho. Se trataba de una habitación bastante amplia, forrada de estanterías repletas de carpetas y archivadores. Había un único escritorio, tras el cual se hallaba sentada una mujer de cabello gris y encrespado, que llevaba unas enormes gafas redondas que, sin embargo, hacían que sus ojos pareciesen sorprendentemente pequeños.

—Vamos, acércate —dijo ella—. No me he comido a nadie... todavía —añadió, y sonrió mostrando dos pequeñas hileras de dientes inquietantemente puntiagudos.

Nico avanzó, pero se detuvo de nuevo a una prudente distancia. La mujer lo examinó con atención, y el niño, incómodo, bajó la mirada hasta su placa identificativa, donde leyó: «Electra».

La mujer tecleó algo en su ordenador y después preguntó:

—¿Nombre?

—¿Qué?

—Que cómo te llamas.

—Yo... esto... Nicolás.

—Ni-co-lás —silabeó Electra mientras lo registraba en el ordenador—. ¿Cuántos años tienes?

—Once.

—Hummm. Demasiado joven para un contrato estándar, me temo. Tendrás que ser aprendiz.

—Yo no quiero ser aprendiz. Solo quiero que me devuelvan mi ropa.

—¿Tu ropa? Oh, claro, es verdad.

Electra le sonrió de nuevo y oprimió el botón rojo. Nico se sobresaltó cuando el rostro de Nia apareció justo detrás de él, sobre la única pared del despacho que no estaba cubierta de estanterías. Con su eterna sonrisa perfecta, la asistente virtual preguntó:

—¿En qué puedo ayudarla, empleada Electra de Personal?

—Necesitamos un uniforme de aprendiz para el nuevo, Nia. Por favor, pide a Suministros que me envíen uno, modelo humano, talla... hummm... diez —añadió tras examinar a Nico con aire crítico—. Parece algo canijo para su edad.

—Inmediatamente, empleada Electra —respondió Nia.

Y desapareció tan súbitamente como se había manifestado.

Electra entrelazó los dedos bajo la barbilla y contempló a Nico, pensativa.

—¿Y bien? —preguntó por fin—. ¿Cómo has llegado hasta aquí? ¿Te han pescado en el mar?

—Yo, eeeeh... no. He venido a través de los Tubos... Por Devoluciones —añadió Nico al recordar el nombre de la sección de Oswald.

—Esto sí que es raro —comentó Electra—. ¿Y qué hacías tú en los Tubos? Me parece muy extraño que te dejaran meterte ahí dentro. Está prohibidísimo, ¿sabes?

Nico temblaba de frío, pero no quiso perder la oportunidad de contar su historia. Después de todo, aquella mujer, a pesar de su extraña sonrisa, parecía algo más tratable que Oswald.

—Nadie me dejó meterme en los Tubos, me colé sin que se dieran cuenta.

—Pues muy mal hecho. Por ahí solo se envían cosas, no niños. Es muy peligroso.

—Ya lo sé. Pero tenía que venir aquí, y no se me ocurrió otra manera de hacerlo. Porque tengo que buscar en el almacén un peluche que quiero comprar.

Electra parpadeó, desconcertada.

—¿No sabes que eso lo hacemos a través de internet? El almacén no está abierto a los clientes. No vendemos nada aquí.

—Ya lo sé, pero es que vi un peluche en la web, intenté comprarlo y después desapareció. Fui a la Oficina de Atención al Cliente y me dijeron que era un código..., bueno, no recuerdo el número, pero dijeron que el artículo estaba en alguna parte del almacén, pero no sabían dónde.

—Eso es muy raro —replicó Electra—. Todos los artículos del almacén de Omnia están perfectamente ordenados y catalogados. Aquí no se pierde nada.

—¿No? ¿Y entonces por qué existe un código para los artículos que no aparecen?

—No lo sé, tendrás que preguntárselo a Nia —Electra suspiró—. Aunque, la verdad, no sé qué te respondería. Lo cierto es que ha habido algunos problemas en el almacén últimamente…, algunas cosas que se han perdido, algunos pedidos que no han llegado a su destino… Es posible que Nia esté fallando y necesite que actualicen su sistema, aunque, claro, yo no soy quién para decirlo.

—Supongo que no —murmuró Nico, por decir algo.

—En cualquier caso, seguro que Nia lo solucionará —concluyó Electra con optimismo—. Pase lo que pase, ella siempre lo soluciona todo con rapidez, eficiencia y eficacia. Al fin y al cabo, está programada para resolver problemas.

—Pero ¿y el peluche? —preguntó Nico—. Ya que estoy aquí, ¿puedo ir al almacén a buscarlo?

—No, no, eso sí que no. En el almacén solo pueden entrar los robots.

—¿Me tomas el pelo? —soltó Nico, perplejo.

—En absoluto. Ahí dentro hay millones de cosas. Cada día recibimos cientos de miles de pedidos de todo el mundo, y también desde otros lugares…, cada vez más, de hecho, porque la última campaña del departamento de Expansión Intermundial ha sido todo un éxito, según dicen… En fin, el caso es que Omnia se compromete a entregar los pedidos en menos de veinticuatro horas. ¿Te imaginas el caos que supondría tener a miles de personas pululando por los pasillos del almacén? Artículos fuera de sitio, cosas que no se encuentran, gente que se pierde o que tarda más de la cuenta en localizar lo que busca..., una locura. Omnia funciona bien precisamente porque los robots se encargan del almacén, y lo hacen sin cometer errores...

—No será para tanto —replicó Nico—, porque el peluche que estoy buscando se les ha traspapelado.

Electra suspiró de nuevo.

—Bueno, eso tendrías que discutirlo con Atención al Cliente. Yo soy solo la encargada del departamento de Recursos Human..., quiero decir, de Personal. ¡Ah! —añadió con una amplia sonrisa, cuando la puerta que había a espaldas de Nico se abrió sin hacer ruido—. Aquí llega tu nuevo uniforme, ¡justo a tiempo!

9

Todos los aprendices empiezan en Empaquetado

Nico se dio la vuelta y retrocedió, sobresaltado, al ver un robot justo detrás de él. Sus manos mecánicas sostenían varias prendas de ropa de color gris, perfectamente dobladas.

—Vamos, póntelo —lo animó Electra—. Es para ti, y debería quedarte bien. Tengo buen ojo para las tallas, ¿sabes? —añadió, sonriente.

Nico se acercó con precaución y cogió la ropa que el robot le tendía. Era un uniforme con el logotipo de Omnia, exactamente igual que todos los demás, salvo por el color.

—¿Por qué es gris y no blanco? —preguntó.

—Porque eres un aprendiz. Ya tendrás uno blanco cuando seas mayor de edad y firmes el contrato estándar, siempre que el Supervisor me dé buenas referencias tuyas, naturalmente.

Aunque Nico temblaba de frío, se resistía a vestirse con aquella ropa.

—Pero es que yo no quiero ser un aprendiz —protestó—. Solo quiero que me devuelvan mi ropa y me dejen buscar el peluche que quiero comprar. Es para mi hermana, ¿sabes? Por favor —imploró—, ayúdame a buscarlo.

Electra pareció un poco conmovida…, pero solo un poco.

—Yo no puedo ayudarte, cielo. Solo soy la empleada Electra de Personal, ¿recuerdas?

El niño se rindió por fin y se vistió con la ropa de Omnia. Descubrió que era cómoda y confortable y, además, le sentaba como un guante. Sonrió casi sin darse cuenta.

—¿Lo ves? —dijo Electra sonriendo a su vez—. Ahora ya solo tienes que firmar aquí y podrás marcharte.

—¿Marcharme adónde? —preguntó Nico, mirando con cierta desconfianza los papeles que Electra le tendía.

—Pues a Empaquetado, naturalmente. Es donde empiezan todos los aprendices. Si cometen errores al principio nadie se lo tiene en cuenta, porque los clientes asumen que es posible que el envoltorio de sus pedidos se estropee un poco durante el trayecto.

Nico cogió el bolígrafo y echó un vistazo al documento. Era un contrato larguísimo, de no menos de treinta páginas, con la letra muy pequeña y un montón de palabras que no comprendía.

—No sé si debería firmar esto —planteó, inseguro.

—Bueno, es que no tienes muchas opciones, en realidad —señaló Electra—. Esta isla es propiedad de Omnia, y aquí solo pueden estar los empleados. Te has colado en el complejo por un lugar no autorizado, lo cual te convierte en una especie de... inmigrante ilegal, podríamos decir. Tienes suerte de que Oswald te haya enviado a mi departamento en lugar de dejarte en manos de la gente de Seguridad..., que son mucho menos comprensivos con los polizones, por otra parte. Si firmas este papel serás oficialmente miembro de Omnia y tendrás permiso para quedarte aquí. Si no, bueno..., supongo que los de Seguridad te echarán al mar. Y estas aguas están infestadas de tiburones, ¿sabes?

Nico se había puesto blanco del susto.

—¿Y no podría... volver a mi casa de otra forma?

Electra negó con la cabeza.

—Aquí no vienen aviones ni barcos, Nicolás. Omnia tiene medios para desplazar a sus empleados, pero esos medios..., en fin, son solo para empleados, ya sabes.

—¿Y los Tubos? —insistió Nico, cada vez más desesperado.

—Los Tubos son para los artículos. Hay muchas razones por las cuales Omnia no vende seres vivos, y una de ellas es porque el viaje a través de los conductos de transporte es peligroso. Tenemos terminantemente prohibido enviar a nadie por los Tubos, y mucho menos a niños —parecía escandalizada solo de pensarlo.

—¿Pero sí podéis echarme al mar, con los tiburones? —planteó Nico.

—Eso es diferente. Tú has venido aquí bajo tu propia responsabilidad, sin permiso y por medios no autorizados. Nosotros estamos en nuestro derecho de defendernos de esta intrusión, ¿entiendes? Lo que no podemos hacer de ninguna manera es correr el riesgo de que te pase nada en los Tubos, porque son un sistema de transporte patentado por Omnia y podría tener consecuencias muy graves para la compañía. En fin, en el departamento de Asuntos Legales podrán informarte mejor que yo.

Nico abrió la boca para decir algo, pero Electra continuó:

—Mientras sigas siendo un intruso, no podré hacer nada más por ti, cielo. Y si no firmas tu contrato, me veré obligada a llamar a los de Seguridad para que se ocupen de tu caso. Sin embargo, cuando seas empleado de Omnia, tendrás derecho a asilo, protección, ropa, comida, alojamiento, atención médica y todo cuanto necesites mientras te quedes entre nosotros. Así que ¿firmas o no?

A Nico le rugieron las tripas en cuanto Electra mencionó la comida. Ella le sonrió de nuevo con aquella boca llena de dientes puntiagudos, y el niño firmó a toda prisa, solo para que dejara de sonreírle así.

—¡Fenomenal! —exclamó Electra, muy contenta, y prácticamente le quitó los papeles de las manos antes de añadir—: ¡Bienvenido a Omnia, aprendiz Nicolás!

Le tendió entonces una pequeña placa identificativa, como las del resto de los empleados. Nico la examinó y se sorprendió al comprobar que ya venía con su nombre. Se preguntó de dónde la habría sacado Electra, ya que no la había visto hacerla mientras hablaban. Quizá disponía de una gran variedad de placas con nombres diferentes, pero en tal caso también habría tenido que dedicar un tiempo a buscarla. Claro que tal vez...

La voz de Electra lo sobresaltó, interrumpiendo sus cavilaciones:

—¿Qué haces ahí parado? Te están esperando en Empaquetado, así que ¡date prisa!

—¿Empaquetado? —repitió Nico, confuso—. Pero..., ahora que ya he firmado el papel, ¿no podría llamar a mis padres para decirles...?

—¡No hay tiempo ahora, ya vamos con retraso! —cortó ella con urgencia, prendiéndole la placa identificativa en el uniforme—. Si no te espabilas, llegarás tarde a tu primer turno y te ganarás una buena reprimenda por parte del Supervisor, ¿sabes?

—Pero... Pero... —protestó Nico, muy confundido—. Es que yo...

—¿No sabes llegar? No te preocupes, ya he pedido que te acompañen.

La voz de Nia fluyó desde algún lugar de la pared:

—Bienvenido a Omnia, aprendiz Nicolás de Empaquetado. Por favor, tenga la bondad de acompañar al operario hasta su nuevo puesto de trabajo.

Nico se volvió al oír un sonido tras él. El pequeño robot que le había traído la ropa seguía allí. Hasta aquel momento había permanecido inmóvil y en silencio, como si estuviese apagado, pero tras la intervención de Nia sus luces se iluminaron de nuevo y se alzaron hacia el niño, expectantes.

—¿El... operario? —repitió él, inseguro de pronto.

—Así llamamos a los robots —explicó Electra—. Porque no son exactamente empleados, ya que no han firmado con nosotros ningún tipo de contrato de trabajo.

—Entiendo —murmuró Nico, aunque apenas la escuchaba.

El robot había dado media vuelta y se dirigía a la puerta. Se detuvo allí y, una vez más, se volvió hacia Nico, como si lo estuviese aguardando. El niño recogió su mochila y corrió tras él para no perderlo de vista. A su espalda oyó todavía la voz cantarina de Electra:

—¡Que te vaya bien en tu primer día!

El robot lo condujo de vuelta al pasillo principal. En esta ocasión, Nico intentó no fijarse en la gente, sino en las indicaciones de los rótulos. Así descubrió varios corredores que conducían a diferentes sectores del gran almacén central, pero sus nombres no contenían ninguna pista acerca del tipo de artículos que se guardaban allí: «Almacén, sector 7B»; «Almacén, sector 5F», «Almacén, sector 8A», decían. Nico se sintió desanimado. Esperaba haber encontrado indicaciones similares a las que podría encontrar en cualquier tienda normal: «Libros», «Moda», «Electrónica»... y, por supuesto, «Juguetes». Aunque, si se paraba a pensarlo, probablemente a los robots les resultase más sencillo procesar aquel tipo de códigos. Suspiró, frustrado, al comprender que antes de arriesgarse a colarse en el almacén tendría que averiguar en qué sector guardaban los peluches.

Por fin, el robot que lo guiaba torció a la derecha y se introdujo por un largo pasillo que indicaba: «Empaquetado». Nico lo siguió con curiosidad.

Desembocaron en una enorme sala de paredes blancas y techo abovedado, recorrido por varias hileras de ventanitas redondas que dejaban entrar la luz del sol. La sala estaba subdividida en pequeñas secciones separadas por mamparas. Por cada una de las secciones circulaba una ancha cinta transportadora que arrastraba una gran variedad de objetos hasta un grupo de media docena de empleados que embalaban los pedidos. Todos en la sala trabajaban en silencio, sin prisa pero sin pausa, como una maquinaria perfectamente engrasada. Los había de todas las etnias, y Nico tragó saliva al detectar entre ellos algunas criaturas no humanas. Eran muy pocas, pero destacaban entre las demás como chispas en la oscuridad.

—¿De dónde... de dónde salen esos... empleados? —murmuró.

Era una pregunta que se hacía más bien a sí mismo, ya que sabía que su guía robótico no le iba a responder.

Lo siguió, aún sobrecogido, hasta una de las cintas transportadoras, que se desplazaba a un ritmo más lento que las demás. Nico comprendió que se debía a que allí había solo cinco empleados, y no seis. El robot se detuvo a una respetuosa distancia, y el niño lo imitó. Juntos contemplaron en silencio cómo trabajaba aquel equipo.

El proceso de empaquetado era sencillo y eficaz. Los artículos, objetos de todas clases, tamaños y formas, desfilaban hacia ellos sobre la cinta transportadora. El primer empleado, un joven de piel negra y cabello largo recogido en rastas, era el encargado de elegir la caja adecuada para cada artículo. La seleccionaba de entre la docena de montones de cajas sin montar que se acumulaban tras él, y depositaba cada cartón junto al artículo correspondiente.

La siguiente empleada situada junto a la cinta, una mujer de unos cincuenta años que lucía una media melena de color rojo fuego, se encargaba de montar la caja e introducir el artículo en su interior. A su lado, un hombre alto y delgado de unos treinta y muchos años, cabello rubio muy corto y gesto severo rellenaba los huecos con porexpán o plástico de burbujas; Nico se fijó en que ponía mucho cuidado en lo que hacía, asegurándose de que cada objeto quedaba debidamente protegido en el interior de su caja.

Una vez que los artículos estaban ya bien envueltos, pasaban junto al cuarto empleado, situado ante un ordenador colocado junto a la cinta transportadora. Nico dio un respingo al verlo, porque no era humano. Se trataba de una criatura asombrosamente peluda; sus pequeños ojos negros apenas podían vislumbrarse entre los mechones de cabello blanco que cubrían casi todo su cuerpo, alto y robusto. En lugar de nariz y boca tenía una especie de pico curvado de color negro, similar al de un loro. Sus dedos, por otra parte, eran sorprendentemente finos y ágiles: Nico lo vio tecleando a toda velocidad los códigos numéricos pegados en cada artículo, para después imprimir etiquetas con el nombre y dirección del destinatario.

Por último, la quinta empleada del equipo, una joven latina de cabello negrísimo y expresivos ojos oscuros, se encargaba de precintar los paquetes y pegar la etiqueta con la dirección, antes de depositarlos de nuevo sobre la cinta transportadora que los conducía a través de una enorme compuerta, de camino a otra sección.

Al verlos trabajar, Nico pensó que no había sitio para él entre ellos. Demostraban ser un grupo perfectamente compenetrado, y empaquetaban artículos con tal rapidez y precisión que no parecía que echaran en falta a un sexto miembro en el equipo.

Entonces sonó un timbre por toda la sala, y las cintas transportadoras se detuvieron. El robot se acercó al equipo de los cinco miembros, que se habían reunido cerca de una de las paredes de su sección. Nico avanzó tras él.

10

Imaginación

Vio con sorpresa que uno de los paneles de la pared se abría para revelar una mesa rodeada por seis asientos, sobre la que reposaban seis bandejas ya servidas con raciones de comida y cubiertos. Cinco de los menús eran exactamente iguales; Nico identificó arroz, verdura, un filete de carne y una pieza de fruta. Pero la sexta bandeja contenía una especie de puré azulado y un potaje grumoso del que emergían restos de algo que parecían tentáculos. Contempló con fascinación cómo la criatura peluda se sentaba precisamente ante aquella bandeja y comenzaba a comer con apetito, empleando como cubierto un utensilio que parecía una especie de gancho. Lo oyó chasquear el pico con fruición; parecía que estaba disfrutando con la comida.

—¿A qué esperas? —dijo entonces la joven latina, sobresaltándolo—. Se te va a enfriar.

Todos se habían sentado ya en torno a la mesa. Nico miró a su alrededor y comprobó que algunos equipos de la sección estaban empezando también a comer, aunque otros seguían trabajando, probablemente porque tenían otro horario diferente. Su robot acompañante se había marchado sin que se diera cuenta. Volvió a mirar al grupo y comprendió que la bandeja sin dueño era para él.

Se puso colorado.

—Yo... yo... —empezó.

—Tú eres el nuevo —resumió el joven de las rastas sonriendo—. Pareces un poco perdido. Siéntate y come, tenemos mucho de que hablar antes de que suene el timbre otra vez.

Nico dio un paso al frente, algo cohibido, y lanzó una mirada de reojo a la criatura peluda.

—No te preocupes por Fubu, no hace daño a nadie —dijo la chica—. ¿Verdad, Fubu?

El ser peludo hizo un ruido extraño, parecido a un chirrido; pero volvió a centrarse en su comida sin prestarle mayor atención, por lo que Nico ocupó el asiento que quedaba libre y cogió el tenedor con timidez. La comida olía muy bien, y cuando la probó descubrió con sorpresa que estaba realmente deliciosa.

Sus nuevos compañeros lo dejaron comer en silencio un rato, hasta que la chica que lo había saludado en primer lugar habló otra vez:

—Bueno, pues bienvenido al equipo —dijo—. Yo soy Micaela, de Empaquetado —añadió, señalando su placa identificativa con una amplia sonrisa.

—Yo me llamo Belay —se presentó el joven de las rastas—, también de Empaquetado, obviamente. Ella es Marlene —prosiguió señalando a la mujer pelirroja—. Viene de Contabilidad, pero lleva ya medio año con nosotros y...

—Muchas gracias, sé hablar por mí misma —masculló Marlene. Pero no añadió nada más.

—A Fubu ya lo conoces —dijo Micaela, señalando a la criatura del pelaje blanco—. No habla, pero es porque no conoce nuestro idioma.

—Sí que lo conoce —replicó Belay—. Lo entiende y lo lee perfectamente. Lo que pasa es que no tiene cuerdas vocales, o algo así...

—Su aparato fonador no es compatible con los idiomas humanos —interrumpió Marlene de mala gana—. Eso es lo que querías decir, supongo.

—Sí, gracias, Marlene.

—Pero... —pudo decir Nico, confuso; se calló de pronto, consciente de que todos lo miraban.

—¿Sí? —lo animó Micaela.

—Pero... ¿de dónde viene... esto... Fubu? Nunca había visto a nadie como él.

—Bueno, está en Empaquetado, como todos. Pero creo que antes trabajaba en Catalogación. ¿No es así, Fubu?

La criatura respondió con una especie de chirrido.

—No, yo quiero decir... —trató de explicarse Nico—. ¿De dónde es realmente?

—Pues... de Omnia —respondió Micaela sin comprender—. Como todos nosotros.

—Pero él... pero él..., bueno, no es humano.

—No —concedió Belay—. Pero eso no importa. Todos somos empleados de Omnia. Esa es nuestra nacionalidad, nuestra raza, nuestra especie.

—Oh —murmuró Nico, hecho un lío—. Sí, claro. Es solo que aquí he visto seres... diferentes... y, bueno..., solo tenía curiosidad por saber si venían de otros planetas. Porque no sabía que existieran otros planetas... y gente viviendo en ellos... o lo que sea.

—Díselo al departamento de Expansión Intermundial —gruñó Marlene—. Tenemos ya un siete coma dos por ciento de empleados procedentes de otros mundos, según las últimas estadísticas, y por lo que parece el porcentaje va a seguir aumentando. Pero eso es lo de menos. Porque ahora todos nosotros, no importa de dónde vengamos, pertenecemos a Omnia. Cuanto antes te entre en esa cabeza dura, mejor para ti.

—No hace falta ser tan desagradable, Marlene —le reprochó Micaela.

—Solo ha dicho lo que todos estamos pensando —intervino de pronto el hombre rubio, que hasta ese momento no se había molestado en levantar la mirada de su plato—. Hace ya tres semanas que pedimos a Personal que enviaran un sustituto para Chloe. Y ahora que nos hemos acostumbrado a trabajar sin ella y vamos recuperando el ritmo... ¡nos envían a un novato! Si el Supervisor nos penaliza por su culpa...

—Ya sabíamos que era probable que nos enviaran a un aprendiz, Danil —interrumpió Belay.

90

—Un aprendiz está bien —respondió él—. Pero es que él no es un aprendiz cualquiera. Miradlo, ¡es un niño! ¡Y acaba de llegar «de fuera»! No sabe nada, no conoce nada, no entiende nada...

—¡Oye, yo sé muchas cosas! —protestó Nico, pero nadie le hizo caso.

—Aún faltan varios meses para que se gradúen los estudiantes de último curso... —razonó Micaela.

—Ciento noventa y cuatro días, exactamente —intervino Marlene.

—... y, si Nia ha decidido incorporar a este niño a nuestro equipo hasta que podamos contar con un aprendiz de la nueva promoción, será porque considera que es la mejor opción.

—Hum —se limitó a murmurar Danil—. Bueno, supongo que sí.

—De todas formas, no tiene sentido discutir —concluyó Belay—; el aprendiz empezará a trabajar conmigo porque soy el primero de la cadena, así que si nos retrasa podéis echarme las culpas a mí. Yo asumo la responsabilidad. ¿Estamos de acuerdo?

Todos se mostraron conformes, y hasta Danil gruñó algo parecido a un asentimiento.

Sonó el timbre que indicaba el final de la pausa para comer, y todos los empleados regresaron a sus puestos. Nico se apresuró a seguir a Belay hasta el inicio de la cinta transportadora.

—Estos son los modelos de cajas que tenemos —dijo él, mostrándole los cartones—. Es muy divertido montarlas.

—Sí, ja, ja, apasionante. —La voz de Marlene les llegó cargada de sarcasmo—. Cuando llegues a montar diecisiete cajas por minuto, como yo, me lo cuentas.

—No le hagas caso —le aconsejó Belay a Nico en voz baja—. Yo también he sido aprendiz y recuerdo que era muy entretenido. Demasiado, creo, porque me distraía tanto montando las cajas que no lo hacía con suficiente rapidez. —Suspiró con pesar y prosiguió—. Lo cierto es que se me da mejor elegir el embalaje, y por eso estoy aquí —concluyó con una amplia sonrisa.

Nico solo llevaba unos minutos con él, pero ya podía corroborar que aquello era totalmente cierto. Mientras Belay hablaba, no había dejado ni un momento de trabajar. Por su sección de la cinta habían pasado un reloj de pulsera, una cafetera, una escoba, un ordenador portátil y un par de zapatos extrañamente grandes y planos, como si hubiesen sido diseñados para los pies de un pato gigante. Sin perder la sonrisa ni aquella enérgica eficacia, el joven había seleccionado el cartón apropiado en cada caso, colocándolo junto el artículo correspondiente para que Marlene montara la caja.

—Este es un buen puesto —opinó Belay—. Cada vez hay menos personal en Omnia porque los robots van actualizándose y aprendiendo nuevas habilidades... o funcionalidades, como las llama Nia. —Se detuvo un momento, pensativo, y luego tuvo que cazar a toda prisa una pequeña lámpara solar que se le había despistado. Encontró la caja adecuada para ella y siguió hablando—. Pero Empaquetado está fuera de su alcance. Tiene demasiadas variables, ¿entiendes?

—No —respondió Nico con sinceridad.

—Te lo explicaré. Vamos a ver, ¿qué caja elegirías para empaquetar esto? —preguntó, señalando el siguiente artículo de la cinta.

Se trataba de un aparatoso perchero de doce brazos que se proyectaban en todas direcciones como los tentáculos de un pulpo. Nico se volvió hacia los montones de cartón que descansaban, perfectamente apilados, detrás de su tutor. Ninguno de los modelos parecía ser lo bastante grande.

—No tengo ni idea —confesó.

Comprobó alarmado que el perchero ya se alejaba alegremente de ellos. Entonces Belay pisó un pedal y la cinta se detuvo. Se oyeron protestas, pero el joven replicó:

—¡Pausa de formación!

Y sus compañeros lo aceptaron a regañadientes. Belay se volvió de nuevo hacia Nico.

—Esto es exactamente lo que haría un robot —explicó—: escanear la forma del artículo y buscar un modelo de caja en el que pudiera guardarlo. Durante un tiempo lo intentaron, ¿sabes? Desde Suministros ampliaron el catálogo de modelos de cajas en los pedidos, para abarcar todas las formas y tamaños posibles con el fin de hacerles el trabajo más fácil a los robots. Llegamos a tener por aquí más de cuatrocientos tipos de embalajes diferentes, y aun así siempre llegaba alguna cosa que no encajaba en ninguno de ellos. Una auténtica locura.

—¿Y qué pasó? —quiso saber Nico, interesado.

—Pues que las personas volvimos a Empaquetado —respondió Belay con una amplia sonrisa—. Porque un empleado inteligente no necesita infinitos modelos de cajas para embalar los artículos. Porque nos podemos arreglar con una docena de embalajes estándar y media docena más de embalajes especiales. Porque tenemos algo que los robots no tienen, al menos por el momento. —Se señaló la cabeza y le guiñó un ojo antes de concluir—: Imaginación.

Nico se volvió hacia las cajas, aún desconcertado. La voz de Danil los interrumpió:

—¡Belaaay! ¡Termina de una vez!

—¡Ya, ya! —respondió él a su vez. Se volvió de nuevo hacia Nico e insistió—: Vamos, ¿cómo empaquetarías este artículo?

Nico frunció el ceño y examinó el problema. Se le ocurrió de pronto una idea, pero la desechó enseguida por parecerle demasiado chapucera. Belay captó su indecisión.

—¿Sí? —lo animó.

—Bueno... —dudó Nico—. No sé si puede hacerse, pero podríamos embalarlo así...

Mientras hablaba, eligió del montón la caja más larga de todas. Al colocar el cartón sobre la cinta transportadora comprobó que el pie del perchero encajaba perfectamente, pero la parte de arriba no. El niño cogió entonces otro cartón, pero Belay lo guió hasta un modelo un poco más grande.

—Mejor ese —aconsejó.

Nico asintió, con los ojos brillantes, y situó el cartón bajo la parte superior del perchero. Entre los dos cubrían su silueta con bastante precisión.

—Dos cajas para un solo artículo —asintió Belay—. ¿Ves?, eso es pensar como una persona.

Pisó el pedal y la cinta se puso de nuevo en marcha.

—Pero... ¿cómo se puede meter un perchero en dos cajas a la vez? —preguntó Nico, dudoso, mientras contemplaba cómo se alejaba el objeto, como un náufrago flotando sobre una balsa de cartón.

—Eso ya no es problema nuestro —respondió Belay alegremente, y unos metros más allá Marlene gruñó por lo bajo.

Mientras ayudaba a Belay a seleccionar la caja apropiada para el siguiente artículo, Nico observó de reojo cómo la mujer montaba con mano experta las dos cajas del perchero. Después, ante su asombro, retiró un lateral de cada caja y las ensambló como si fueran dos piezas de un puzle. Introdujo el perchero en su interior, se volvió hacia el final de la cinta y gritó:

—¡Código 663!

Junto a la compuerta, Micaela levantó un pulgar en señal de asentimiento. Nico vio cómo el perchero, acomodado en su caja doble, pasaba junto al resto de sus compañeros de equipo. Cuando llegó hasta Micaela, esta aseguró el embalaje con cinta aislante hasta que las dos cajas quedaron firmemente unidas entre sí, antes de pegar la etiqueta con la dirección del destinatario.

—No necesitas infinitos modelos de cajas, Nico —dijo entonces Belay con una sonrisa—. Solo necesitas unas cuantas piezas para construir infinitas posibilidades.

—Mola —comentó Nico, admirado.

Le pareció que Marlene sonreía fugazmente, pero cuando se volvió para mirarla la vio tan seria y adusta como de costumbre, así que pensó que se lo había imaginado.

11

Tubos y Túneles

Nico pasó el resto de la tarde ayudando a Belay a elegir cajas de embalaje y a diseñar combinaciones para los artículos que no cabían en ninguna de ellas. Era más divertido de lo que había imaginado, aunque a menudo Belay tenía que detener la cinta transportadora porque Nico había escogido una caja del tamaño equivocado y había que cambiarla por otra. Además, el niño no podía evitar distraerse con los objetos que pasaban por la cinta.

Había de todo: utensilios de uso cotidiano, productos que reconocía porque los había visto anunciados en televisión, artículos extravagantes y cosas que era incapaz de definir. Podía quedarse fascinado contemplando unas alas mecánicas, un escudo centenario, una chaqueta con cuatro mangas, una misteriosa esfera vibrante... Belay le llamaba la atención para recordarle que, si se detenía, los objetos se acumulaban en su sector o pasaban al de Marlene sin su caja correspondiente. Sin embargo, Nico no se cansaba. Trabajaban a un ritmo ágil, pero no agotador, y el niño descubrió que le gustaba estar ocupado con algo. Pronto aprendió a calcular a ojo qué modelo de embalaje era el adecuado para cada artículo, y empezó a esperar con ilusión los objetos que no encajaban en ninguno, porque así podía combinar varios para crear uno nuevo.

Cuando, horas más tarde, el sonido del timbre se desparramó de nuevo por la sala de Empaquetado, Nico se sorprendió de que hubiera pasado el tiempo tan deprisa.

—¿Y ahora qué? —le preguntó a Belay, desconcertado, al ver que todas las cintas se detenían y los empleados abandonaban sus puestos.

—Fin de turno —respondió él—. Hora de descanso.

—Oh —dijo Nico, algo decepcionado. Lo cierto era que había estado disfrutando con aquel trabajo.

Nico siguió a sus compañeros fuera de la sala. Los empleados de Empaquetado se cruzaron en el pasillo con otro numeroso grupo que entraba a ocupar los puestos que ellos acababan de dejar.

—Omnia nunca se detiene —comentó Danil con orgullo—. Por eso funciona tan bien.

Se mezclaron en el pasillo central con una gran marea de empleados que empezaban o finalizaban sus turnos. Muchos de ellos llevaban la misma dirección que ellos, y Nico leyó en los carteles: «Alojamiento de Personal». Tardó apenas unos segundos en entender lo que eso significaba.

—¿Vivís aquí?

Danil pareció sorprenderse por la pregunta.

—Claro. ¿Dónde esperabas que viviéramos?

—Pues... no sé. En vuestras casas.

—Omnia es nuestra casa —respondió Micaela—. La mayoría de nosotros nacimos aquí.

—Y hay empleados de tercera generación —dijo Belay—. Lo cual quiere decir que sus abuelos ya vivían y trabajaban en Omnia. ¿A que es maravilloso?

Nico se quedó mirándolos, atónito:

—¿Quieres decir que vosotros y vuestras familias habéis vivido siempre... en una tienda?

Belay se rió.

—Amigo mío, Omnia es muchísimo más que una tienda. Es un lugar extraordinario, ya lo verás.

Pero Danil no se lo tomó tan bien.

—¿Lo veis? —dijo volviéndose hacia sus compañeros—. Los que vienen «de fuera» siempre están haciendo ese tipo de preguntas estúpidas.

Parecía realmente enfadado, aunque Nico no comprendía qué había dicho para molestarlo tanto. Cuando Danil se alejó del grupo por un pasillo lateral, seguido de Fubu, el niño miró a los demás, desconcertado.

—Será mejor que no vuelvas a mencionar a su familia —le aconsejó Belay—. No le gusta.

—No se lo tengas en cuenta —dijo Micaela—. La gente que viene de fuera tiene que aprender muchas cosas que para nosotros son evidentes, y a veces resulta un poco frustrante. Pero es solo una fase. Todo el mundo aprende muy rápido, no te preocupes.

—Se tarda una media de cinco coma dos días en integrarse completamente en Omnia —informó Marlene—.

Aunque en el caso de los empleados que vienen de otros mundos, la cifra asciende a siete coma cuatro días, pero eso es lógico, por otra parte.

—Yo no voy a quedarme aquí —protestó Nico—. Cuando encuentre lo que busco...

—Te adaptarás —le cortó Marlene con sequedad—, pero para eso tienes que cerrar la boca, escuchar y aprender. ¿Me has entendido?

Nico asintió, intimidado. Lo cierto era que no quería marcharse sin haber encontrado antes el peluche para Claudia, por lo que no tenía sentido insistir en ello. Así que no lo hizo.

—Vas a estar muy bien en Omnia —añadió Micaela con una sonrisa—. Yo no querría vivir en ningún otro lugar.

Caminaban por un corredor larguísimo, flanqueado por una sucesión de puertas numeradas, que le recordaban al pasillo de un hotel. Marlene y Micaela se detuvieron frente a una de las puertas y se despidieron hasta el día siguiente; pero Belay indicó a Nico que lo siguiera, así que continuaron adelante. Por fin, Belay se paró ante la puerta numerada como 1267.

—Esta es mi habitación —anunció—. Parece que por el momento te alojarás conmigo.

Nico asintió. Belay le caía bien, aunque por un momento imaginó que debía compartir habitación con uno de los empleados no humanos de Omnia y se le puso la piel de gallina. Él lo notó.

—Vamos, no será tan malo —bromeó—. No ronco por las noches. Bueno, solo un poco.

Nico sonrió. Con ronquidos o sin ellos, Belay le parecía un buen compañero de cuarto. Mejor que una criatura extraña como Fubu, en todo caso.

Entraron juntos en la habitación. Era bastante amplia, cómoda y agradable. A un lado había dos literas, y al otro, un armario empotrado y una estantería abarrotada de cosas. Al fondo se abrían dos puertas más que conducían, respectivamente, al cuarto de baño y a una salita de estar.

—Mira, ya han dejado un pijama para ti —comentó Belay, señalando un montón de ropa perfectamente doblada sobre la litera de arriba.

Pero Nico no le prestaba atención. Estaba examinando con curiosidad los objetos de la estantería. Le llamó la atención una figurita que parecía líquida. La cogió con cuidado, creyendo que era de cristal, pero se sorprendió al comprobar que parecía fluida al tacto.

—¿Te gusta? —dijo Belay—. Es uno de los primeros artículos que pusieron en el catálogo cuando los de Intermundial cerraron el acuerdo comercial con Beta Centauri. Me costó el sueldo de todo un mes, pero bueno, no suelo tener gastos importantes y además estaba de oferta.

Nico dejó la figurita en su sitio, impresionado. Se volvió hacia su compañero y abordó por fin un asunto del que llevaba horas queriendo hablar.

—Entonces es verdad que Omnia llega a otros planetas —tanteó con precaución—. Belay asintió con una sonrisa—. Pero ¿cómo es posible? —preguntó Nico—. ¿Tan lejos llegan los Tubos?

Belay se rió.

—No son solo los Tubos —explicó—. ¿No has oído hablar de los Túneles?

Nico negó con la cabeza. Y Belay empezó a contarle cosas que no habría podido imaginar ni en sus más atrevidos sueños.

Le explicó que Omnia había sido, en sus inicios, el proyecto de un hombre visionario. Se llamaba Thaddeus Baratiak y todavía dirigía la compañía desde algún remoto despacho de la sede central. Al principio, Omnia no había sido más que una tienda que vendía artículos por catálogo. Pero entonces Baratiak construyó un único y gigantesco almacén en aquella isla que era de su propiedad y años después, cuando inventó el sistema de transporte por Tubos, la gestión de los envíos se volvió extraordinariamente ágil. Y se perfeccionó en la era de la informática: cuando Omnia lanzó su página web, su revolucionaria programación facilitó que cualquiera, desde cualquier rincón del mundo, pudiese asomarse al ingente catálogo de la tienda, que crecía día tras día, encontrar cualquier cosa que buscara, comprarla de forma rápida y sencilla y recibirla en su casa en menos de veinticuatro horas.

Omnia mejoró con los años en todos los aspectos, convirtiéndose en un modelo de eficacia. Pero Baratiak nunca dejó de innovar para perfeccionar su propio negocio. Y así creó el primer Túnel.

Belay había nacido y crecido en la isla, pero no conocía los detalles. Tan solo podía contarle que, hacía unos diez o doce años, el catálogo de la tienda había comenzado a mostrar objetos extraños y singulares. Eran muy caros, porque procedían de otros mundos, aunque eso no se especificaba en la web. Belay sospechaba que, al igual que había Tubos físicos visibles que salían del edificio y llegaban a todos los rincones, existía en algún lugar de Omnia un espacio en el que los Túneles se abrían a otras realidades. A través de ellos llegaban artículos raros y exóticos que se ponían a la venta; pero pronto empezaron a llegar también criaturas, lo cual obligó a crear el departamento de Expansión Intermundial y a adaptar la sección de Recursos Humanos a las nuevas circunstancias en cuanto empezaron a contratar empleados de otras especies.

—Y no solo eso —continuó Belay—. Los Túneles también conducen a otras épocas a veces. En Empaquetado tuvimos durante unas semanas a un pobre tipo aterrorizado que solo hablaba en sumerio antiguo. Durante mucho tiempo creyó que había muerto y estaba en un inframundo poblado por espíritus y dioses oscuros. Como no terminaba de adaptarse lo cambiaron de departamento. No he vuelto a verlo, así que no sé qué fue de él. A lo mejor consiguieron devolverlo a su lugar de origen.

—Tiene que ser una broma —murmuró Nico, muy impresionado.

—No, en serio. A veces cae gente por los Túneles por accidente, y algunos vienen de épocas o lugares realmente curiosos, pero puede ser muy traumático para ellos. El departamento de Expansión Intermundial hace todo lo posible para que se sientan como en casa, pero a veces se ven un poco desbordados; por eso, dicen, la dirección va a crear un departamento de Inmigración para gestionar los problemas que provoca toda la gente que viene de fuera.

Nico se removió, incómodo. Él también venía «de fuera», y no quería que lo considerasen un problema.

—Pero ¿qué son exactamente los Túneles? —preguntó—. ¿Cómo pueden conectar con otros mundos... o con otras épocas?

—Eso solo lo saben quienes trabajan con ellos —respondió Belay—. De hecho, la existencia de los Túneles es el secreto mejor guardado de Omnia. Es una información que jamás ha salido de aquí.

—Entonces, ¿por qué me lo cuentas a mí? —preguntó Nico, desconcertado.

—Bueno, porque tú tampoco saldrás nunca de aquí.

El niño sonrió, convencido de que su amigo le tomaba el pelo.

—No pueden secuestrarme ni retenerme aquí para siempre —objetó.

Belay sacudió la cabeza y le explicó que, en realidad, hacía muchos años que la isla estaba totalmente cerrada al exterior. Desde la construcción de los Tubos no llegaban barcos, aviones ni helicópteros a Omnia, porque no era necesario. Todas las mercancías entraban y salían a través de aquellos conductos, y toda la comunicación con la isla se hacía por medio de la web, gestionada por la eficiente y omnipresente Nia. La intención de Baratiak, además, era llegar a automatizar todos los procesos de la tienda con el paso de los años, de modo que llegaría un momento en que todo el trabajo lo harían los robots. Pero por ahora eso no era posible, porque los operarios tenían sus limitaciones. Y, por otro lado, los empleados de Omnia no tenían otro lugar adonde ir.

—Cuando instalaron los Tubos —le contó Belay—, el señor Baratiak les dijo a sus empleados que las comunicaciones por mar y aire con el continente se cortarían para siempre. Les dio la posibilidad de marcharse con el último barco o quedarse en Omnia de forma permanente. La mayoría se marcharon, pero algunos decidieron quedarse. Mi madre, de hecho, llegó a Omnia en ese último barco, y ya sabía que no volvería nunca más.

Baratiak logró entonces que su isla, con una pequeña población de empleados que ya la consideraban su hogar, fuese reconocida a nivel internacional como un pequeño país independiente.

—Todos nosotros tenemos la misma nacionalidad: somos omnienses —le explicó con orgullo.

Tres décadas después de que se cerraran las fronteras, en Omnia quedaban solo robots y varios centenares de empleados. La mayoría eran descendientes de aquellos primeros omnienses que habían decidido dar la espalda al mundo. Otros habían llegado allí por error, supervivientes de naufragios o accidentes aéreos. De vez en cuando, hasta llegaba algún despistado a través de los Tubos.

—¿Puedes creerlo? —resopló Belay—. ¿Quién puede ser tan tonto como para dejarse aspirar por uno de los Tubos?

—Eh..., sí, ja, ja —farfulló Nico, incómodo—. A quién se le ocurre...

Por último, entre los empleados de Omnia había, como Nico ya había comprobado, algunas criaturas de otros mundos. Belay solo sabía que habían llegado a través de los Túneles, pero no estaba seguro de si habían aterrizado allí por accidente o porque habían sido contratados por la empresa.

—Lo cierto es que hace ya mucho tiempo que Omnia no contrata a nadie; solo a los que llegan aquí por error, ¿sabes? Porque, si no has nacido aquí, necesitas un contrato de trabajo para obtener la nacionalidad omniense, y solo así te puedes quedar. Si no, te tienen que devolver al mar.

—Sí, ya lo sé —murmuró Nico—. Pero la señora de Personal me dijo que Omnia tiene medios de transporte para empleados. Quería decir que ellos sí pueden salir de la isla cuando quieran, ¿no?

—No, no, no hay barcos, aviones, helicópteros ni submarinos, ya te lo he dicho. Se referiría a los Túneles, supongo. Pero, por lo que sé, llevan a otros mundos, y solo los pueden usar algunos empleados especiales. Como los de Expansión Intermundial.

Nico sacudió la cabeza, convencido de que Belay se equivocaba. No era posible que nadie saliera nunca de la isla. Y tampoco era tan difícil llegar. Después de todo, él lo había hecho.

Pero no discutió. Ya que había llegado hasta allí, estaba decidido a encontrar el peluche que había ido a buscar. Y después se las arreglaría para volver a casa. Encontraría la manera de llegar hasta cualquier transporte que hubiese en la isla, y si no lo había, se metería por los Tubos otra vez.

Sin embargo aquella noche, embutido ya en su pijama con el distintivo de Omnia, se sintió muy solo y perdido cuando apagaron las luces. Se preguntó qué pasaría si no lograba regresar. ¿Qué estarían haciendo sus padres? ¿Y Claudia? ¿Lo echarían de menos? Quizá Mei Ling les hubiese dicho que se había quedado a dormir en su casa. Eso podría funcionar una noche, pero no dos.

De pronto tuvo miedo. Se preguntó si no habría cometido una enorme estupidez. No creía realmente que pudiesen retenerlo allí para siempre, pero... ¿y si...?

No pudo evitarlo; se echó a llorar en silencio.

Entonces oyó un crujido en la litera inferior y sintió que Belay se incorporaba.

—¿Estás bien, Nico?

—Sí —respondió él secándose las lágrimas—. Lo siento, no quería despertarte. Es que echo de menos mi casa.

—Es normal; acabas de llegar y todo es nuevo para ti. Pero no te preocupes: Omnia cuida muy bien de su gente. Aquí vas a estar como en casa, ya lo verás.

Nico iba a preguntar si podía dejarle un móvil o algo parecido para llamar a sus padres, pero entonces Belay le dijo:

—Mira, toma, te presto a Rudi, pero solo por una noche, ¿eh? Luego me lo devuelves.

Y Nico sintió que le pasaba algo blandito y algodonoso. ¡Un peluche! Estuvo tentado de decirle que él ya era mayor para dormir con peluches; pero luego pensó que, después de todo, Belay le doblaba la edad. Recordó entonces que Trébol había pertenecido a su madre.

—Muchas gracias —susurró; lo palpó en la oscuridad y descubrió que tenía un pico ancho y plano—. ¿Qué es, un pato?

—¿Un pato? —repitió Belay, ofendido—. ¡No! Es un ornitorrinco.

Nico no pudo reprimir una carcajada. Sintiéndose un poco mejor, se acurrucó bajo las mantas y abrazó a Rudi. Estaba tan cansado que se quedó dormido sin llegar a preguntar si podría llamar a su casa por la mañana.

12

Sector 9F

Nico se adaptó a la rutina de Empaquetado con sorprendente rapidez. Siempre había algo que hacer en Omnia,
por lo que no tenía tiempo para aburrirse. En los días siguientes hizo lo que pudo por integrarse en el equipo y se
esforzó por hacer bien su trabajo. Pronto pasó de ayudar
a Belay a aprender a montar cajas con Marlene, y de ahí a
rellenarlas con porexpán junto a Danil. Con todo, no olvi-
daba cuál era su verdadera misión. De vez en cuando desfi-
laba algún peluche por la cinta, y Nico pensaba en Trébol y
en su hermana Claudia, y se prometía a sí mismo que encontraría la manera de llegar hasta el almacén para buscar
aquel conejo.

El segundo día, Belay lo llevó de visita por otras secciones durante su turno libre. Junto a él, Nico recorrió maravillado las Salas de Recreo, donde se podían ver series y
películas en gigantescas pantallas de cine 3D, jugar a los vi-
deojuegos más punteros o pedir prestados libros, cómics y
revistas de una biblioteca de más de cinco millones de títu-
los, en formato electrónico y en papel; el Consultorio Médico, que contaba también con un moderno y acogedor

hospital; la Guardería, en cuyo patio alegre y colorido contempló a un grupo de niños que reían y jugaban felices; el Gimnasio, donde los empleados podían invertir parte de su tiempo libre en ponerse en forma con los mejores equipos; y el Jardín Residencial, donde vivían aquellos que ya se habían jubilado. Allí, Nico conoció al padre de Belay, un hombre malhumorado que se pasaba el tiempo sentado en una silla de mimbre en el balcón, contemplando el horizonte, y que apenas les dirigió la palabra. Los dos amigos se asomaron también al exterior y Nico admiró el paisaje, sobrecogido. Más allá de la isla y de los Tubos que emergían de ella para hundirse en las aguas, el inmenso mar que se extendía ante ellos parecía infinito. A Nico se le ocurrió pensar que en aquel insólito lugar no resultaba extraño que la gente hubiese dado la espalda a una civilización que parecía tan lejana.

Más tarde, cuando ya volvían a su departamento, Nico aprovechó para preguntar, como quien no quiere la cosa, si podían curiosear en el almacén.

—No, Nico, eso está prohibido —replicó su amigo, alarmado.

—Pero ¿por qué? Seguro que a los robots no les molestará que echemos un vistazo.

Ya había aprendido que a los robots normalmente les importaba bien poco lo que los empleados hicieran o dejaran de hacer. Iban siempre a lo suyo, concentrados en su trabajo y en las instrucciones que les habían transmitido, y no hacían caso de nada más.

—Los empleados no podemos entrar en el almacén, y es por una buena razón...

—Sí, ya lo sé: porque los robots siempre lo dejan todo muy ordenado y las personas...

—No, no es por eso. Es que el almacén es enoooooorme —explicó Belay, abriendo mucho los brazos—. No puedes imaginarte cómo es de grande.

—¿Y? —preguntó Nico, sin comprender adónde quería ir a parar.

—Bueno, la gente puede perderse dentro, ¿sabes? Pero los robots siempre encuentran el camino de vuelta.

Nico sonrió.

—No estoy de broma —le advirtió Belay—. Hace años, un empleado se despistó dentro del almacén y nunca lo encontraron. Lo buscaron durante meses, sin éxito, y finalmente el señor Baratiak decidió cerrar el almacén a las personas para no correr el riesgo de perder a nadie más.

Nico quiso replicar, pero Belay cambió de tema, y el niño no pudo volver a mencionarlo. Se planteó la posibilidad de escabullirse para entrar en el almacén por su cuenta, pero las palabras de Belay lo habían dejado un poco preocupado. Era cierto que el almacén estaba dividido en muchas secciones diferentes, algunas de ellas con su propia entrada, y Nico no sabía en cuál de ellas se guardaban los peluches. Tampoco podía preguntárselo a Belay porque, por lo que parecía, su amigo no había entrado allí jamás.

Mientras estuvo trabajando con Marlene y con Danil

no tuvo oportunidad de interrogarlos a ellos tampoco, porque Marlene era poco habladora en general, y Danil no estaba interesado en charlar con él en particular. Cinco días después de su llegada le tocó ayudar a Fubu, que ni siquiera hablaba. Pero, curiosamente, gracias a él descubrió la pista que necesitaba para iniciar su búsqueda.

Aquella mañana llegó inquieto a la sección de Empaquetado, pues sabía que pasaría a trabajar con la extraña criatura peluda, y eso lo ponía tan nervioso que la noche anterior apenas había podido dormir. Sabía que Fubu era un ser tranquilo y apacible, pero, aun así, resultaba demasiado diferente. Además, si no podía hablar su idioma, ¿cómo iba a indicarle cómo debía hacer su trabajo?

Pero cuando se presentó ante él descubrió que sus temores eran infundados. Con un curioso sonido gutural, Fubu agitó una mano a modo de saludo y le tendió una hoja de papel. Nico la leyó:

Buenos días.

Soy Fubustlilglebl, encantado de trabajar contigo. Estoy seguro de que serás un magnífico empleado de Empaquetado, pues estoy observando tus progresos y creo que hasta ahora lo estás haciendo muy bien. Mi tarea no es demasiado complicada, pero exige concentración, porque si introduzco el código de artículo equivocado el ordenador generará una etiqueta errónea, y si los datos de envío no son correctos, el paquete no llegará a su destino. Tú me ayudarás leyendo en voz alta los números de código, y en unos días, si lo haces bien, podrás introducirlos tú mismo en el ordenador. Detrás de la página tienes instrucciones más precisas.

Muchas gracias por tu ayuda.

Firmado:

Fubustlilglebl Ulimplat de Empaquetado

Nico alzó la cabeza y miró a Fubu con los ojos desorbitados, como si lo viese por primera vez. Jamás se le habría ocurrido pensar que aquella enorme bestia muda y peluda pudiera ser en realidad una criatura tan atenta y educada. Ni que tuviese un nombre tan largo e impronunciable.

De modo que, al final, trabajar con Fubu resultó mucho más sencillo y agradable de lo que había imaginado en un principio. Con él tuvo que aprender a pronunciar los números en voz alta y clara para que no se produjera ningún error. En los descansos intercambiaron algunas notas más, y Nico, curioso, aprovechó para preguntarle por su pasado. Fubu respondió solamente que había llegado a Omnia por accidente, tras haber caído a través de un Túnel desde su mundo de origen. Nico le preguntó si no deseaba volver a casa, y Fubu se encogió de hombros y señaló a su alrededor, como diciendo que ahora Omnia era su hogar y que no sentía necesidad de regresar.

Pero Nico descubrió también otras cosas durante su aprendizaje junto a Fubu. Por ejemplo, que una parte del código de envío de cada artículo señalaba también su lugar de origen.

Tal vez en otras circunstancias le habría costado más darse cuenta de este hecho; pero resultó que el mundo exterior se hallaba en plena época navideña, y la gente se había vuelto loca con las compras. En Empaquetado no daban abasto, y Belay comentó que en Envíos estaban igual, o peor.

Muchas de las cosas que llegaban por la cinta eran juguetes. En cierta ocasión tuvieron que empaquetar cuatro peluches seguidos, y Nico se acordó de Trébol una vez más.

Leyó el código del primer artículo, un osito simpático y barrigón:

—9F3431B28/7JKA4G3BK2.

Fubu tecleó el código e imprimió la etiqueta. Nico leyó el destino del envío («Uppsala, Suecia») y la depositó sobre la caja para que Micaela la pegara cuando cerrara el paquete. Cogió entonces el siguiente artículo: un peluche que representaba al protagonista de una conocida serie de dibujos animados. Leyó el código atado a su pie:

—9F3472F10/UKFH72L0G1.

Le pareció curioso que empezaran igual.

—¿Van al mismo sitio? —comentó, pero Fubu negó con la cabeza—. ¿A la misma ciudad?

Fubu le tendió la etiqueta que acababa de imprimir. El peluche viajaría hasta Perth, en Australia occidental. Entonces Fubu señaló la segunda parte del código con un dedo largo y fino.

—¿Ahí es donde va indicada la dirección? —inquirió Nico, y su compañero asintió.

El código del siguiente peluche, un elefantito de colores,

comenzaba también por 9F34. Pero el paquete viajaría hasta Medellín, en Colombia. Nico frunció el ceño, pensativo.

Durante el descanso, Fubu le pasó un papel.

He visto que te interesa el código de los envíos. Me complace tu buena disposición hacia el aprendizaje. Te lo voy a explicar: el código se compone de dos series numéricas. La primera indica la procedencia del artículo, esto es, el lugar en el que estaba ubicado dentro de nuestro almacén. La segunda es el número del pedido, que se genera automáticamente con cada compra; con este número puedes acceder a los datos de la transacción, incluyendo el nombre y dirección del destinatario, que es lo que debemos imprimir nosotros.

Espero haber sido de utilidad.

Firmado:

   Fubustlilglebl Ulimplat de Empaquetado

Nico le dio las gracias con una sonrisa y volvió a leer una frase que le había llamado la atención: «La primera indica la procedencia del artículo, esto es, el lugar en el que estaba ubicado dentro de nuestro almacén». Al volver al trabajo, se fijó en el código de cada uno de los peluches que pasaron por sus manos. Todos procedían de «9F34». Para asegurarse, comprobó también las etiquetas de otros juguetes que pasaban por sus manos, ya fueran vehículos, puzles o figuras articuladas.

Todos estaban catalogados como «9F», aunque los dos números siguientes eran diferentes.

No hacía falta ser un genio para comprender que los juguetes se guardaban en el sector 9F del gran almacén de Omnia. Y que en «34», fuera lo que fuese aquello, estaban los peluches.

Dos días después, Nico encontró la indicación que necesitaba, mientras volvía con Belay de las Salas de Proyecciones; había acompañado a su amigo a ver un documental sobre animales raros en su turno libre y, ya de regreso, se quedó clavado en el sitio al leer el rótulo que señalaba un pasillo que se abría a su derecha: «Almacén, sector 9F».

Belay se volvió hacia él.

—¿Vienes o no?

Nico no sabía cuándo volvería a pasar por allí. Danil iba a menudo a las Salas de Proyecciones porque seguía una serie sobre un detective del futuro que ponían por las tardes, pero Nico no estaba seguro de que quisiera que lo acompañase. Se agachó para fingir que tenía que atarse la zapatilla.

—Sigue tú, ya te alcanzaré.

—No, hombre, te espero.

Por suerte para Nico, en aquel momento sonó el timbre que indicaba el cambio de turno. Belay, que era muy escrupuloso con los horarios, se volvió para mirar al niño, inquieto.

—Se me ha metido una piedra en la zapatilla —mintió Nico—. ¡Corre o llegarás tarde! Yo soy solo un aprendiz, pero a ti te pueden penalizar.

Sonrió para sí cuando vio que Belay se apresuraba pasillo abajo. Se sentó en el suelo y se quitó la zapatilla, fingiendo estar muy interesado en lo que había dentro. Ante él pasaron varios empleados y robots, todos atareados en alguna cosa, pero ninguno le prestó atención.

Por fin, cuando le pareció que aquel recodo del pasillo quedaba despejado, Nico se calzó la zapatilla y se adentró en el corredor que conducía al almacén, sector 9F.

Era más largo de lo que había imaginado. Por el camino se cruzó con algunos robots, que se limitaron a enfocarlo brevemente con sus ojos artificiales, sin hacer ademán de detenerlo. Cada vez más seguro de sí mismo, Nico continuó adelante, siguiendo las indicaciones. A la izquierda, ahora a la derecha, rampa abajo, de nuevo a la derecha… hasta que, por fin, llegó a una puerta sobre la que había un rótulo en el que se podía leer:

ALMACÉN
SECTOR 9F

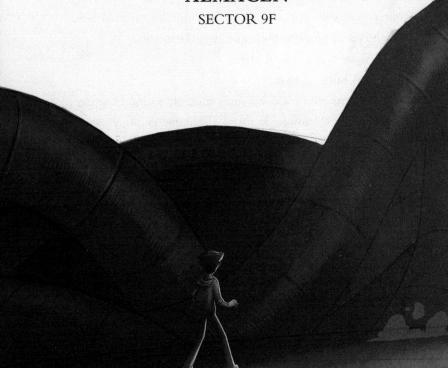

La puerta estaba abierta de par en par; había robots que entraban y salían, pero ninguno de ellos hizo caso a Nico. El niño miró a su alrededor para asegurarse de que nadie lo miraba y, sin pensárselo más, entró.

Se trataba de una nave gigantesca, tan enorme que cuando se asomaba a los pasillos no veía el final, y cuando miraba hacia arriba tampoco distinguía el techo. En ella se alineaban centenares de estanterías altísimas e infinitas, todas iguales, pero abarrotadas de objetos variopintos y multicolores. Juguetes, observó Nico con un estremecimiento de emoción, mientras se adentraba, maravillado, en aquel laberinto de anaqueles.

Cientos de miles de juguetes de todas clases, para todas las edades. Juguetes que había visto en tiendas o anunciados en televisión, y otros completamente nuevos para él. La sección parecía infinita y, sin embargo, Nico sabía que en aquella nave se guardaban muchas más cosas.

Se esforzó por centrarse. No tenía demasiado tiempo, y debía llegar a la sección de peluches cuanto antes. Vagabundeó por entre las estanterías en busca de más indicaciones; pero le costó quince minutos largos salir de la sección de puzles, y lo hizo solo para comprobar que estaba rodeado de muñecos articulados de todas clases. Había personajes que reconocía y otros que no, de todos los tamaños, de todos los colores, de todas las épocas, desde pequeñas figuras talladas en madera que parecían salidas de un taller medieval hasta superhéroes futuristas que movían inquietantemente la cabeza a su paso para mirarlo con sus brillantes ojillos ocultos tras las máscaras.

Nico se detuvo un momento, sintiéndose muy desorientado. Mirase a donde mirase, solo veía figuras articuladas y ni un solo peluche. Se dio la vuelta y descubrió, inquieto, que hacía rato que había perdido de vista la salida. «Pero es imposible que me pierda», razonó. Aunque no había empleados en el almacén, algunos robots rodaban por aquí y por allá, cargados con artículos o pasando revista a los objetos de los estantes. Cuando encontrara el peluche que estaba buscando, seguiría a cualquiera de ellos hasta la salida y asunto solucionado.

De pronto, sintió una enorme sombra tras él, y una voz atronadora preguntó:

—¿Ibas a alguna parte, jovencito?

13

Patas de araña

Nico se dio la vuelta y gritó, aterrado, al descubrir tras él a un monstruo inmenso, mitad hombre, mitad araña. Su gesto furibundo no daba menos miedo que las gigantescas patas de artrópodo que se cernían sobre él para atraparlo. Nico trató de huir, pero la criatura lo enganchó hábilmente por el cuello del uniforme y lo alzó en el aire. El niño pataleó, luchando por soltarse; el monstruo lo sujetaba con uno de sus ocho apéndices articulados y lo sostenía cinco metros por encima del suelo, a la altura de su rostro, para verlo mejor.

—¡Déjame, déjame! —gritaba Nico.

El ser arácnido frunció el ceño y preguntó:

—¿Es esa forma de hablarle a tu Supervisor?

Nico dejó de patalear y lo miró, desconcertado.

Descubrió entonces que no se trataba de ningún monstruo. Era un hombre de unos sesenta años, de largo cabello gris recogido en la nuca y espesas cejas que cobijaban una mirada feroz y sagaz a partes iguales. Lo que le daba aquel aspecto de bicho gigante era el vehículo que lo transportaba, que no se desplazaba sobre ruedas, sino mediante ocho larguísimas patas articuladas controladas por un panel de mandos que operaba con dos manos perfectamente humanas.

—¿Mi... Supervisor? —repitió Nico, aturdido.

Había oído hablar de él. Sus compañeros de Empaquetado lo mencionaban a menudo y, por lo que el niño sabía, era prácticamente el jefe de la tienda, por debajo solo del mítico señor Baratiak, que dirigía la compañía. Decían del Supervisor que estaba en todas partes, que todo lo sabía y todo

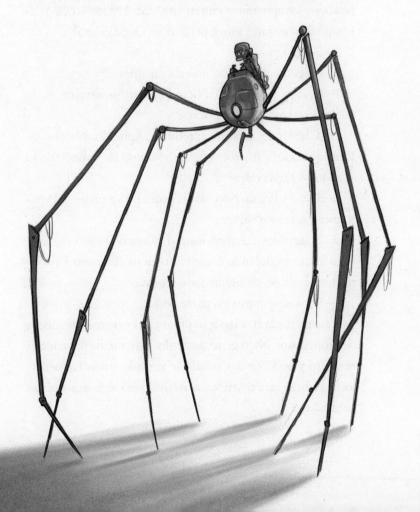

lo controlaba, pero Nico nunca lo había visto hasta aquel momento.

—¿No te ha dicho nadie que está prohibido entrar en el almacén? —gruñó el Supervisor.

—S-sí, pero...

—¡Ni peros ni peras! —bramó el Supervisor—. Lo dice el Reglamento, capítulo veintitrés, sección doce, párrafo cinco jota: «Está terminantemente prohibido que los empleados y los aprendices entren en el almacén, de acceso permitido únicamente a los operarios». ¿Queda claro?

—S-sí...

—¿Eres un aprendiz o no eres un aprendiz?

—Y-yo... —balbuceó Nico; pero el Supervisor no le permitió terminar de explicarse:

—¡Claro que eres un aprendiz! ¡Aprendiz Nicolás de Empaquetado! ¿Te crees que no sé cómo te llamas? ¡Yo lo sé todo! ¿Queda claro?

—S-sí... —Por fin Nico reunió valor para replicar—. P-pero usted no es un robot...

El Supervisor entornó los ojos y miró al niño como si estuviera considerando convertirlo en su almuerzo. Pero finalmente sonrió de medio lado y gruñó:

—Soy un operario, en parte. Mira.

La pata mecánica izó a su presa por encima de la cabeza del Supervisor. Nico gritó, asustado; pero estaba firmemente sujeto y no se cayó. Cuando se atrevió a mirar hacia abajo, descubrió que el artefacto arácnido era algo más que un vehículo.

El Supervisor no tenía piernas.

Nico se preguntó, impresionado, si era algún tipo de ser mitad humano, mitad máquina; si aquella araña mecánica formaba parte de su cuerpo o era solo un aparato para facilitar su desplazamiento. Estiró el cuello para ver mejor, pero entonces el apéndice mecánico lo depositó bruscamente en el suelo.

—Ay —dijo Nico, frotándose su trasero magullado.

El Supervisor se limitó a gruñir y su vehículo-araña dio media vuelta. Aunque parecía que lo manejaba con gran habilidad y precisión, Nico se apresuró a situarse fuera del alcance de aquellas enormes patas, solo por si acaso.

—Vamos, sígueme —ordenó el Supervisor sin volverse a mirarlo siquiera.

Nico dio un par de pasos adelante y se detuvo, indeciso.

—Es que... ¡Ay! —se interrumpió cuando una de las patas de la araña le dio un golpe en la espalda y lo obligó a avanzar—. Un momento... ¿Adónde vamos?

—A Seguridad, por supuesto —fue la respuesta—. Has violado el código y es a ellos a quienes corresponde decidir si te devuelven a Empaquetado... o al mar, con los tiburones.

Dijo esto último con una extraña sonrisa que puso a Nico los pelos de punta.

—N-no pueden echarme al mar —protestó—. Soy un ciudadano de Omnia —recordó oportunamente.

—Aún no —replicó el Supervisor; su cuerpo se balanceaba rítmicamente con el movimiento de las largas patas de araña, y Nico desvió la mirada, incómodo—. Solo eres un aprendiz; mientras no firmes un contrato de trabajo estándar podemos echarte por la vía rápida. ¿Queda claro?

Se volvió hacia él; sus ojos echaban chispas, y Nico tragó saliva, intimidado, y asintió.

—S-sí.

—Así me gusta —gruñó el Supervisor.

Nico lo siguió a través del laberinto de estanterías, con las piernas temblando como flanes y el corazón encogido de terror. Caminaron en silencio por entre los anaqueles, hacia la salida del almacén, arrullados por el leve zumbido que emitía la araña mecánica. Pero los pensamientos de Nico bullían.

El Supervisor iba a entregarlo a los de Seguridad. Quizá lo expulsasen de Omnia «por la vía rápida», y Nico recordó con pesar que todavía no sabía nadar muy bien. Por no hablar de los tiburones, claro. Tal vez lo devolviesen a Empaquetado, pero ¿qué sucedería después? Era evidente que a Danil y a Marlene no les caía bien. Quizá hablasen mal de él, y probablemente Belay estaría enfadado porque le había dado esquinazo para colarse en el almacén. Quizá, después de pasar tantos días en Empaquetado, el Supervisor decidiese que no era apto, que no quería tenerlo allí, y entonces lo echarían al mar de todos modos, como un condenado a muerte en un barco pirata. En cualquier caso, no lo dejarían volver a acercarse por el almacén. Y por tanto, no podría regresar a casa con el peluche para Claudia.

Nico volvió a la realidad de repente cuando su guía se detuvo ante él para dar instrucciones a un par de robots que iban cargados con un armario que parecía demasiado grande incluso para portearlo entre dos. El niño esperó, inquieto. Un poco más adelante se vislumbraba ya la puerta de salida del almacén. Inspiró hondo, imaginándose lo que podría estar esperándolo al otro lado.

Y entonces dio un paso atrás, despacio. El Supervisor no lo notó. Estaba enfrascado en una conversación que mantenía con la pantalla de su consola de mandos.

Nico dio otro paso atrás. Y después un tercero.

Las cabezas de los robots se alzaron, y sus anillos oculares giraron un momento y se detuvieron, enfocándolo directamente.

El Supervisor se volvió para mirarlo.

Nico giró sobre sus talones y echó a correr.

—Cogedlo —dijo el Supervisor solamente.

Y los robots echaron a rodar, persiguiendo al niño que se precipitaba hacia el corazón de aquel extraordinario almacén.

14

Persecución trepidante

Nico corrió y corrió, zigzagueando por entre los anaqueles, en busca de los rincones más oscuros y alejados del almacén. Los robots rodaban tras él, rastreándolo como perros de presa, persiguiéndolo o dando rodeos para cortarle el paso, y Nico torcía a derecha o a izquierda, haciendo quiebros bruscos para esquivarlos. Derrapó en un par de ocasiones y estuvo a punto de caerse, pero se incorporó de nuevo y siguió corriendo. Ya no se trataba de obstinación, sino de puro terror. Aquellos robots, a los que hasta entonces había considerado poco más que muebles, se habían transformado de pronto en espeluznantes máquinas que lo acosaban sin tregua. Y, mientras que el niño se sentía cada vez más cansado, los robots no se detenían. Jamás.

Por un momento estuvo tentado de dejarse atrapar y salir por fin de aquel interminable almacén. Pero entonces se le ocurrió que, después de aquella fuga espectacular, si lo capturaban lo echarían directamente al mar. Con los tiburones.

De modo que siguió corriendo con todas sus fuerzas. Le pareció que, poco a poco, iba dejando atrás a los robots, que tardaban unos segundos en cambiar de dirección cuando giraba. Pero estaba ya agotado, y sabía que en algún momento tendría que parar. Y entonces los robots lo alcanzarían.

Miró a su alrededor en busca de una vía de escape. A pesar de todo lo que había corrido, aún no había salido de la sección de Juguetes. En las estanterías se amontonaban todo tipo de cunitas y cochecitos para muñecas, y a Nico se le ocurrió una idea. Respirando hondo, se metió dentro de una de las cunas más grandes y se hizo un ovillo en su interior.

Oyó a los robots, que rodaban pasillo abajo, y rezó por que no lo hubiesen visto. Cerró los ojos y contuvo la respiración, como si así pudiese desaparecer de allí y materializarse en un lugar seguro.

Los robots recorrieron el pasillo un par de veces pero, por suerte para él, no lo detectaron.

Un buen rato más tarde, cuando Nico dejó de oír el murmullo de sus ruedas sobre el suelo, se atrevió a asomar la cabeza.

Por fin estaba solo, pero no por mucho tiempo. Incluso aunque no lo estuviesen buscando, los robots entraban y salían constantemente del almacén, recorriendo todas sus secciones para organizar los estantes o para buscar los artículos indicados en los pedidos. Si quería encontrar el peluche para Claudia, tenía que darse prisa.

Salió de la cuna con precaución y siguió recorriendo la sección de Juguetes en silencio, asomándose a las esquinas para asegurarse de que no había nadie antes de abandonar la sombra protectora de los estantes. Al cabo de un rato, descubrió que los anaqueles estaban numerados: «12-25G», se leía en el estante que tenía ante él, repleto de dinosaurios de juguete. Nico recordó que los peluches estaban numerados como «34», y fue leyendo los códigos de las estanterías: «12-26G, 12-27G»... El siguiente anaquel era el número 11, por lo que retrocedió hasta encontrar el 13, y fue subiendo en la numeración.

Dos horas después, todavía iba por el anaquel número 25, repleto de pequeños vehículos teledirigidos. El almacén era inmenso y había tantísimos juguetes, y algunos tan fascinantes, que no podía evitar detenerse una y otra vez para echarles un vistazo.

Al final se sentó en el suelo, desanimado, porque le dolían mucho los pies, tenía hambre y sed y empezaba a sentir sueño. Pensó en que debería haber llevado su mochila preparada antes de internarse en el almacén..., pero ya era tarde. Suspiró y se acurrucó junto a la estantería, tratando de ignorar el sonido de sus tripas.

Tan concentrado estaba preguntándose qué haría a continuación que no oyó el sonido de las ruedas que se deslizaban hacia él.

Cuando alzó la cabeza ya era tarde: el robot estaba a diez pasos de distancia. Nico se levantó de un salto, pero los ojos mecánicos del operario ya estaban fijos en él. Se encendieron con una luz roja de alarma y el niño no esperó a ver qué pasaba después: dio media vuelta y echó a correr.

Tuvo la sensación de que volvía a repetirse la pesadilla. De repente, un montón de robots aparecieron desde todos los rincones del almacén, como si estuviesen obedeciendo una llamada silenciosa. Nico corrió con todas sus fuerzas, tratando de librarse de ellos..., dobló una esquina... y se encontró rodeado por robots.

Sonó de pronto una voz femenina que le resultaba familiar:

—Aprendiz Nicolás de Empaquetado: por favor, le rogamos que no se resista y que nos acompañe voluntariamente hasta la salida.

Nico reconoció a Nia. No veía el rostro de la asistente virtual en ninguna pantalla, pero le daba la sensación de que le hablaba desde todos y cada uno de los robots.

—Aprendiz Nicolás, de Empaquetado: le informamos de que permanecer en el interior de este almacén puede poner en peligro su seguridad y...

De pronto, Nico oyó un pequeño chirrido, como si una onda de electricidad estática hubiese cortado el discurso de Nia, y todos los robots se detuvieron de golpe. Miró al lugar del que procedía el sonido y vio un robot ligeramente diferente a los demás. Sus ojos no mostraban aquel resplandor rojizo y, pegado a la cabeza con un trozo de esparadrapo, lucía un alambre retorcido que parecía algún tipo de antena chapucera. De hecho, Nico habría jurado que antes había sido una percha.

El robot retrocedió por el pasillo hasta desaparecer por una esquina, dejando a Nico una vía de escape. El niño no lo dudó. Los otros operarios seguían parados en el sitio, como si algo los hubiese bloqueado, así que se apresuró a seguir al robot diferente por el hueco que había dejado.

Al doblar una esquina lo vio justo ante él y retrocedió de un salto, alarmado. El robot lo miró fijamente unos instantes. Nico dio un paso atrás, inseguro.

Y entonces oyó tras él el sonido de las ruedas de los robots, que reanudaban la caza.

Nico echó a correr, sin preocuparse más por el robot de la antena, tratando de alejarse todo lo posible de los demás.

Pero volvía a encontrárselo una y otra vez. El extraño operario le salía al paso constantemente, y al principio Nico lo evitaba igual que a los otros..., hasta que se dio cuenta de que no formaba parte del grupo. Aunque parecía que lo estaba siguiendo, no hacía nada por atraparlo. Por fin, cuando el niño se topó de nuevo con él en un pasillo, corrió el riesgo de detenerse y lo miró, interrogante.

Y entonces el robot dio media vuelta y se alejó rodando por el corredor.

Nico dudó un momento. Los otros operarios lo seguían y no tardarían en alcanzarlo, por lo que finalmente decidió arriesgarse... y corrió tras el robot de la antena retorcida.

Circulaba por entre las estanterías, girando a un lado y a otro con cierta torpeza, como si alguien tirase de él con una cuerda invisible. Nico lo seguía, tratando de no perderlo de vista. Los corredores eran cada vez más estrechos y oscuros y estaban más abarrotados, como si a aquel rincón del almacén hubiesen ido a parar todos los juguetes que, por unas razones o por otras, nadie compraba nunca, hasta el punto de que ni siquiera los robots se molestaban en ordenarlos.

De pronto, Nico torció a la izquierda... y se encontró con un callejón sin salida.

El corredor iba a parar directamente a la pared. Era la primera vez que Nico veía una pared desde que había entrado en el almacén, y una parte de él se sorprendió al comprobar que, en contra de lo que parecía, aquel enorme lugar sí tenía límites en alguna parte. Se dio la vuelta, desesperado; pero los robots ya lo estaban alcanzando.

Siguió corriendo hacia delante y descubrió un estrecho pasillo entre la pared y una enorme estantería repleta de muñecos que parecían llevar décadas allí. Era el único sitio por el que podía haberse marchado el robot de la antena, de modo que entró como pudo y se deslizó hasta el final del corredor.

Se detuvo, sin aliento, al comprobar que le cerraba el paso una estantería llena de muñecas peponas que lo miraban como si se burlasen de él.

Las ruedas de los robots se oían cada vez más cerca. No tardarían en acorralarlo de nuevo, y entonces...

Nico miró a su alrededor, desesperado. Y descubrió una rejilla de ventilación medio suelta en la pared, junto a sus pies.

Se agachó y la retiró sin dificultad. Al asomar la cabeza al interior vio que el conducto de ventilación parecía bastante amplio. Sin embargo, una parte de él se resistía a meterse ahí dentro.

—Aprendiz Nicolás de Empaquetado: por favor, le rogamos que no se resista y que nos acompañe voluntariamente hasta la salida.

La voz de Nia, transmitida a través de los robots, sonó tan cerca que le hizo dar un salto del susto. Nico comprendió que estaban al otro lado del anaquel que lo ocultaba, pero no tardarían en dar la vuelta y acorralarlo contra su rincón.

No lo pensó más: se coló por el respiradero, se acurrucó en el hueco y volvió a colocar la rejilla en su lugar. Después, esperó.

Los robots no llegaron a entrar en el estrecho pasillo de las muñecas peponas. Se limitaron a asomarse y a constatar que el niño que buscaban no se encontraba allí. Quizá, si lo hubiesen recorrido hasta el final, habrían reparado en la rejilla de ventilación mal cerrada. O tal vez no. Nico nunca llegaría a saberlo.

Pasó un buen rato escondido, sin atreverse a salir, hasta que le pareció que la actividad del almacén volvía a ser la habitual. Se atrevió entonces a asomarse un poco, y su mirada tropezó con algo que no había visto antes: allí, en el suelo, al pie de la estantería de las muñecas peponas, había una bolsa de tela gris. Nico alargó la mano, atrapó la bolsa y se la llevó rápidamente a su escondite. Cuando examinó su contenido, se quedó muy sorprendido: dentro había un sándwich de pollo frío, una botella de agua, una manta y una pequeña linterna. Nico volvió a asomar la cabeza para mirar al pasillo, pero no vio a nadie.

Devoró el sándwich, bebió el agua de la botella y se envolvió en la manta. Y, casi sin darse cuenta, se quedó dormido.

15

Camaleón

Cuando despertó, horas después, tardó un poco en darse cuenta de dónde estaba; miró el reloj, alarmado, y descubrió que eran las tres de la madrugada. Se asomó fuera de su refugio y comprobó que en el almacén no parecía haber transcurrido el tiempo. Las luces no se habían apagado, y Nico recordó que los robots entraban y salían constantemente, de día o de noche. Suspiró, preocupado. No podía quedarse ahí escondido para siempre. Además, tenía que ir al baño con urgencia.

Se arriesgó a salir, por tanto, y recorrió el pasillo en silencio. Se detuvo al final y se asomó por detrás del anaquel. No se veían robots por allí cerca, así que se atrevió a seguir adelante.

Así, poco a poco, fue explorando la zona. Descubrió un cartel que señalaba el camino a los servicios y los encontró poco después; se notaba que nadie los había usado en mucho tiempo, pero todavía funcionaban. Le costó un buen rato girar el grifo del lavabo, que se había oxidado, pero por fin logró obtener de él un fino chorro de agua. Bebió con avidez y aprovechó para rellenar su botella.

No se atrevió a hacer mucho más, porque aún podía oír el sonido de las ruedas de los robots circulando por entre los estantes, y no quería que lo descubriesen de nuevo. De manera que volvió a su escondite... y se sorprendió al encontrar de nuevo un sándwich y otra botella de agua.

Maravillado, miró a su alrededor. Pero no vio al extraño robot que lo había guiado hasta allí.

Esa mañana no hizo gran cosa. Pasó casi todo el día dormitando en su escondite, envuelto en su manta, saliendo solamente para ir al baño. Por la tarde decidió que había llegado la hora de seguir explorando el almacén. Había descubierto que su refugio estaba situado junto al anaquel número 47, así que aún le quedaba un trecho para llegar hasta el 34, donde, suponía, se guardaban los peluches.

Nada más asomarse al pasillo se topó otra vez con un sándwich y una botella de agua nueva. Pero en esta ocasión vio la figura del robot bamboleándose mientras torcía la esquina.

—¡Eh! —lo llamó.

Salió de su refugio y corrió tras él. Lo siguió durante un buen rato; tanto, que en más de una ocasión se detuvo a descansar, sin aliento, y estuvo a punto de abandonar la persecución. Pero cuando se ponía en marcha de nuevo siempre volvía a encontrar al robot un poco más allá, como si hubiese estado esperándolo.

De esta manera, siguiendo a aquel robot y esquivando a todos los demás, abandonó la sección de Juguetes y se internó en la de Textil, pero no se dio cuenta. Llevaba así más

de una hora, y ya continuaba por pura cabezonería. Finalmente descubrió a su objetivo chocando torpemente contra una estantería, lo que provocó que una lluvia de prendas
empaquetadas se precipitara al suelo. Nico se volvió hacia
todos lados, inquieto, consciente de que los operarios no
tardarían en hacer acto de presencia para arreglar el estropi-
cio. El extraño robot ya había desaparecido por el laberinto
de estanterías, pero Nico se acercó a examinar las prendas
caídas porque había visto algo en aquellos envoltorios que
le había llamado la atención.

Cogió uno de los paquetes y lo observó con curiosidad.
Se trataba de una caja transparente que contenía una tela
del color gris tristón de un día de lluvia. La etiqueta se acti-
vó de pronto, como si fuese una pantalla, mostrando a Nico
una serie de imágenes animadas que explicaban cómo usar
aquella prenda. Con gran sorpresa por su parte, el niño
contempló un paisaje nocturno, iluminado por un resplandor rojizo, como lenguas de fuego que recorrían el cielo.
Por una extensa llanura salpicada de extraños hongos gi-
gantes paseaban enormes criaturas monstruosas, de piel ve-
rrugosa, dientes puntiagudos y garras afiladas. La imagen
cambió para mostrar a un ser que se parecía un poco a un
humano, salvo que no tenía nariz, y en lugar de pelo lucía
una mata de tentáculos de un curioso color violeta. Además, tenía cuatro brazos. Nico contempló, asombrado,
cómo la criatura se envolvía en la prenda gris y salía a pa-
sear por la llanura de los hongos. La ropa que llevaba cam-
biaba de color, con un extraordinario efecto camaleónico,

volviéndolo prácticamente invisible. Los monstruos olfateaban en el aire y miraban a su alrededor, desconcertados, pero el caminante se deslizaba por entre sus enormes patazas sin que ellos se dieran cuenta.

El vídeo terminó y volvió a empezar, mostrando de nuevo la llanura bajo el cielo nocturno. Nico lo vio cuatro veces seguidas, asimilando que no se trataba de una película de ciencia ficción: aquel lugar era real, existía, al igual que las criaturas que lo habitaban. Y eso quería decir... ¡que tal vez aquella prenda podía volverlo invisible de verdad!

Contempló el paquete con un nuevo respeto. Pero entonces oyó el sonido de las ruedas de los robots, y no se entretuvo a examinar su contenido: echó a correr y no paró hasta que encontró el camino de vuelta a su refugio, con el paquete bien apretado contra su pecho y el corazón latiéndole con fuerza.

Más tarde, cuando Nico sacó su tesoro de su envoltorio, descubrió que se trataba de una prenda a medio camino entre una capa y un impermeable, de una tela extrañamente fluida. Al principio parecía gris, pero enseguida se volvía del color y la textura de las cosas que la rodeaban. Nico se la probó y se dio cuenta de que le venía muy grande y contaba con un par de mangas de más. Pero no le importó, porque cuando se atrevió a salir al pasillo con ella comprobó que se había vuelto casi invisible. Tenía una capucha con una máscara con la que se podía cubrir en el caso de que se cruzara con algún robot, y eso le daba mucha tranquilidad.

De esta manera, con la «piel de camaleón», como había decidido llamarla, Nico pudo moverse por el almacén con mucha más libertad. No volvió a ver al robot de la antena retorcida, y tampoco aparecieron más sándwiches ni botellas de agua ante su escondite. Pero ya no le importó, porque podía beber agua del grifo del lavabo, y al día siguiente encontró el camino hasta la sección de Alimentación. Tardó cinco horas en llegar hasta allí, y seis horas y media en volver hasta su refugio, porque se perdió por el camino. De manera que, cuando volvió a Alimentación a buscar más víveres, se aseguró de que regresaba bien cargado de latas y paquetes de comida precocinada que no hiciera falta guardar en frío. No quería perder tiempo recorriendo el almacén para conseguir las cosas que necesitaba, porque tenía una misión que cumplir: localizar el conejo que había ido a buscar.

Encontró la sección de peluches en su tercer día en el almacén. Era inmensa; tardó una tarde entera en llegar a los anaqueles donde estaban los conejos de peluche, y había tantísimos que comprendió que necesitaría mucho más tiempo para revisarlos todos. Recordó que Nia había dicho que en aquel almacén había más de ciento treinta mil conejos de peluche, y comprendió que tendría que tener paciencia.

Todavía conservaba el número de referencia que Greta le había apuntado en un post-it, tiempo atrás, durante su visita a la Oficina de Atención al Cliente. Lo había recuperado del bolsillo de sus vaqueros el primer día, antes de que los robots se llevasen su ropa, y ahora lo llevaba siempre guardado en su uniforme de trabajo, a la espera del momento en que podría entrar en el almacén a buscar el peluche para Claudia.

Sacó el papel. Estaba ya bastante arrugado y los números empezaban a borrarse, pero el código todavía se podía leer. Emocionado, Nico descubrió que todos los peluches llevaban una etiqueta atada al cuello, y que estaban perfectamente ordenados por número de referencia. Aun así, todavía tardó un par de horas más en encontrar el estante

donde debería estar su peluche. Y además estaba tan alto que Nico no podía alcanzarlo.

Pasó el resto del día buscando una escalera y arrastrándola hasta la sección de los conejos de peluche, deteniéndose con el corazón en un puño cada vez que se cruzaba con un robot. Pero la «piel de camaleón» funcionaba a la perfección y ninguno lo detectó.

Cuando por fin pudo encaramarse a la escalera y examinar personalmente el estante en el que debería estar su conejo, se llevó una amarga decepción: los números de referencia de los peluches pasaban del 9F3456J78 al 9F3456J80. El conejo que Nico buscaba era el 9F3456J79.

La voz de Greta resonó entre sus recuerdos: «Un código 272 es un artículo que no está donde se supone que debería estar».

Nico bajó de la escalera y se dejó caer contra el anaquel, desmoralizado. En efecto, el conejo que buscaba no se encontraba en su lugar. ¿Cómo era posible? Los robots tenían el almacén perfectamente organizado. No podía haber nada fuera de su sitio. Tal vez lo habían vendido pero, en ese caso, Nia le habría informado de que el artículo estaba agotado. Si no les constaba que nadie lo hubiese comprado, ¿dónde podía estar?

Alzó la cabeza para contemplar a los cientos de conejos de peluche que lo observaban desde sus estantes. El que Nico buscaba podría encontrarse entre ellos, quizá una balda más allá. Tal vez se había caído al suelo y alguien lo había colocado en el lugar equivocado, probablemente un empleado humano, antes de que los robots tomaran posesión del almacén. En ese caso, no debería estar muy lejos.

Se puso a buscar entre las estanterías, pero tuvo que detenerse al cabo de un rato cuando llegó un robot a buscar un peluche para un pedido. Nico se retiró a un rincón y lo observó, protegido por su camuflaje, mientras el operario, desconcertado, daba vueltas sobre sí mismo en busca del peluche, que no estaba en su lugar porque el niño lo había movido. Acabó por marcharse, muy ofuscado ante el desorden que reinaba en la sección, y poco después llegó una brigada de operarios que pasaron todo el día catalogando y reordenando los peluches. Nico los contempló desde las sombras, sintiéndose un poco culpable por haberles causado tantos trastornos. Cuando los robots se marcharon, después de haber colocado cada cosa en su lugar, Nico se apresuró a comprobar si habían dejado en su sitio el peluche número 9F3456J79, pero no hubo suerte: seguía habiendo un hueco entre el 9F3456J78 y el 9F3456J80.

Comprendió entonces que no conseguiría encontrar al conejo que buscaba si no desarrollaba una rutina de trabajo. Le llevaría mucho tiempo revisar los peluches uno por uno, pero, ya que había llegado hasta allí, pensó que valía la pena intentarlo.

De modo que se puso en pie, dispuesto a reanudar su exploración el tiempo que hiciera falta.

16

La vida en el almacén

Todos los días volvía a la sección para registrar los estantes uno por uno, peluche a peluche, siguiendo a rajatabla el orden numérico que marcaban las etiquetas. Después de cada sesión anotaba el código del último peluche que había visto, para continuar en el mismo punto al día siguiente.

Al principio se perdía, y en algunas ocasiones tuvo que regresar a su refugio sin haber sido capaz de encontrar el camino hasta los peluches. Pero con el tiempo aprendió a trazar la ruta más corta hasta la sección y dejó de temer a los robots que recorrían el almacén. Si oía acercarse a alguno, se cubría con la capucha de su «piel de camaleón» y se quedaba muy quieto, y el robot siempre pasaba de largo sin descubrirlo.

A veces dedicaba días a recorrer el almacén en busca de las cosas que necesitaba. Regresó a la sección de Textil para renovar su vestuario, puesto que no había traído consigo ninguna muda y tenía que esperar envuelto en la manta a que se le secara la ropa cuando la lavaba en el cuarto de baño. Tardó todo el día en encontrar los estantes de moda infantil y después se perdió y fue incapaz de volver a su refugio. Pasó tres días enteros perdido en la sección de ropa, pasando hambre y racionando el agua que llevaba en la botella que había tenido la precaución de llevarse. Cuando por fin volvió a Juguetes, se puso a llorar de puro alivio. Llegó a su refugio con los pies llenos de ampollas de tanto deambular, y acabó en una sola tarde con toda la comida que había acumulado. Después le dolió la barriga durante toda la noche.

Pero ya tenía ropa para cambiarse, y cuando se recuperó un poco regresó a Alimentación sin desviarse del camino que conocía. Y luego retomó su tarea en la sección de los peluches.

Terminó por perder la noción del tiempo. Comía cuando tenía hambre, dormía cuando tenía sueño y el resto del tiempo lo pasaba entre conejos de peluche. Esquivar a los robots se había convertido en un acto cotidiano para él. Ya no le daban miedo. Solo resultaban una molestia porque lo obligaban a detener su trabajo cuando se cruzaban con él en un pasillo.

Pasaron días, tal vez semanas. Nico fue consciente de que había menos trajín en el almacén, pero no lo asoció al hecho de que, en el exterior, fuera de Omnia, las Navidades habían llegado y pasado. Una parte de él había olvidado que su familia lo esperaba en algún lugar, que hacía mucho tiempo que no tenían noticias suyas y que estarían preocupados. Su misión lo absorbía por completo: tenía que encontrar un viejo conejo de peluche para su hermana, y no pensaba darse por vencido.

Llegó un día, sin embargo, en que terminó de revisar todos los conejos de peluche sin haber encontrado el que buscaba. Se detuvo un instante, perplejo y confundido. Trató de recordar cómo era Trébol, pero en las últimas semanas había visto tantísimos conejitos diferentes que todos ellos se confundían en su cabeza. Pensó que quizá se había topado con el peluche que buscaba y no lo había reconocido, y le entró el pánico.

Corrió a su escondite y se acurrucó allí, envuelto en su manta. Durmió muchas horas seguidas y después, cuando se despertó, decidió que volvería a empezar.

Pasaron más días. Y semanas. Nico se acostumbró a vivir en el almacén, y se tomaba su búsqueda con filosofía. A veces exploraba su nuevo reino en busca de objetos nuevos y maravillosos. Al principio empezó llevándose a su refugio cosas que necesitaba o que le hacían la vida más sencilla: una colchoneta, una maleta para guardar la ropa, un bloc de notas y un lápiz que sacó de un juego de mesa, útiles de aseo... Pero con el tiempo empezó a apropiarse de cosas que le fascinaban o le llamaban la atención. Empezaron siendo pequeños juguetes para entretenerse, después objetos de otros mundos que sabía que no podría encontrar en otro lugar... El espacio en el conducto de ventilación era amplio, y él todavía no lo había recorrido hasta el final. Pero ¿para qué molestarse en investigar un túnel húmedo y oscuro cuando tenía una nave entera abarrotada con más maravillas de las que podía imaginar?

La sección de Juguetes parecía infinita. Jamás se cansaba de explorarla y jamás dejaba de encontrar cosas nuevas. Allí estaban absolutamente todos los juguetes que anunciaban en televisión y en los catálogos navideños, pero también los había de otros países, de otras épocas e incluso de otros mundos. Había objetos tan extraños y fascinantes que solo podía adivinar que se trataba de juguetes por la sección en la que los había encontrado. La mayoría no sabía cómo funcionaban, y en algunos casos lo aprendía por casualidad, a base de manipularlos. Otros juguetes seguían siendo herméticamente misteriosos y, por muchas vueltas que les dio, no consiguió averiguar cómo utilizarlos. Pero disfrutó muchísimo con un casco que proyectaba imágenes fantásticas en su mente cuando se lo ponía, y también con una caja de la que salían insólitas mariposas de alas chispeantes. Había puzles tridimensionales que se ponían en movimiento en cuanto conseguía colocar la última pieza, y cajas repletas de figuritas a las que se les podían enseñar movimientos básicos para que interactuaran unas con otras, como en un teatrillo.

También había peluches extraordinarios que podían conversar en idiomas desconocidos, ejecutar docenas de bailes diferentes o generar nuevos peluches en su interior, como si criaran. Pero a Nico no le llamaban mucho la atención, quizá porque pasaba tantas horas rebuscando entre los conejitos que había terminado por hartarse de ellos.

El único que le resultó útil fue un peluche del tamaño de un poni. Se trataba de un extraño animal de seis patas, cola esponjosa y largo cuello rematado en una cabeza similar a la de un dinosaurio. Estaba cubierto por un pelaje mullido y lanoso, de color azul eléctrico salpicado de pequeñas manchas blancas. Pero lo mejor de todo era que se movía con bastante rapidez... y se podía montar.

Tenía un interruptor en la base del cuello y, cuando Nico lo encendía, el juguete se ponía en marcha con tanta naturalidad que casi parecía una criatura viva. Gracias a este descubrimiento, el niño pudo desplazarse por el almacén más deprisa y con mayor comodidad. Como no cabía en su refugio, lo tenía que dejar «aparcado» frente a la rejilla de ventilación, y en alguna ocasión tuvo que volver a buscarlo a pie a la sección de peluches porque algún operario diligente lo había devuelto a su lugar. Con su nueva montura, además, llamaba bastante la atención, por lo que tenía que andar con mucho cuidado para que los robots no lo vieran.

Lo llamó Pipo y empezó a hablar con él como si pudiera entenderlo, aunque nunca le respondiera.

Una noche, el peluche gigante hizo un extraño ruido, se detuvo... y ya no volvió a ponerse en marcha. Nico lo intentó todo, pero no consiguió arreglarlo. Y lloró amargamente, como si hubiese perdido a una mascota. Volvió a pie a su refugio y al día siguiente descubrió que los operarios habían devuelto a Pipo al estante del que lo había sacado. Colocó un oso panda gigante justo delante para no tener que verlo cada vez que pasaba por allí y, simplemente, trató de olvidarlo.

Y así seguían pasando los días. Una mañana, Nico se dio cuenta de que el pelo le había crecido tanto que le caía sobre los hombros, y se lo cortó con unas tijeras que sacó de la caja de un juego de recortables. Fue entonces cuando se preguntó por primera vez cuánto tiempo llevaba allí escondido. Pensó en su casa y en su familia; pero le aterraba la idea de volver sin el conejo de peluche y tener que explicar que todo lo que había hecho no había servido para nada. Estaba seguro de que, si regresaba a casa con el muñeco, todo quedaría olvidado. Sería un héroe para su hermana y sus padres lo perdonarían en cuanto viesen sonreír a Claudia de nuevo.

Con el tiempo, sin embargo, se fue cansando. Estaba ya aburrido de examinar conejitos. Había revisado la sección sin éxito, y se hizo el propósito de ampliar su búsqueda al resto de estanterías de los peluches, por si acaso alguien había puesto su conejito en una balda de ositos, ovejitas o perritos. Pero ya solo el sector de los ositos parecía infinito. Nico elaboró un plano del área de los peluches e hizo el propósito de inspeccionar al menos tres anaqueles al día. Pero remoloneaba a menudo, había jornadas en las que solo examinaba una estantería y otras en que ni siquiera pisaba la sección de los peluches porque se entretenía con cualquier otra cosa.

Además, por una razón o por otra, siempre acababa volviendo a los conejitos, como si le diese miedo alejarse demasiado de su objetivo.

Un día, tratando de alcanzar un peluche que estaba en una de las baldas más altas, perdió el equilibrio y cayó al suelo, envuelto en una nube de conejitos de felpa.

Miró a su alrededor, desconcertado. Hasta aquel momento siempre había tenido cuidado de dejar las cosas como las encontraba. Volver a colocar todos aquellos conejitos en el orden correcto le llevaría varias horas.

Suspiró. «Bueno —pensó—, quizá será mejor que descanse un poco primero.»

Se acurrucó sobre la montaña de conejos de peluche y, casi sin darse cuenta, se quedó profundamente dormido.

No se percató de que había olvidado volver a colocarse la capucha de su «piel de camaleón».

17

¡Pillado!

Abrió los ojos, parpadeando, cuando una sombra alargada se cernió sobre él. Contempló, medio dormido, a la araña gigante que se había encaramado a la montaña de conejitos.

—Vaya, vaya —gruñó el Supervisor—. Así que estabas aquí. Sabía que tenías que ser tú el que enredaba con los peluches.

Nico intentó responder, pero no le salió la voz. Llevaba tanto tiempo sin hablar con nadie que había olvidado cómo hacerlo.

—Pareces un pequeño salvaje, aprendiz Nicolás de Empaquetado —comentó el Supervisor—. Has tenido suerte de que te encontrara. Hace ya varias semanas que Nia desactivó la orden de búsqueda, ¿sabes? Porque los robots no pueden estar pendientes de un niño perdido cuando hay trabajo por hacer.

Nico lo contempló, horrorizado y aliviado a partes iguales, incapaz de reaccionar. Por una parte, sentía que debía huir del Supervisor, ocultarse de él; por otra, estaba feliz de ver a otra persona después de tanto tiempo, y además había olvidado las razones por las que debía esconderse.

La pata mecánica lo empujó hasta arrancarlo del abrazo de los peluches.

—Venga, vámonos. ¿Qué has hecho con tu uniforme? Bueno, ya da igual.

Nico se puso en pie con torpeza. El Supervisor se acercó para observarlo con curiosidad.

—Ropa mimética —comentó—. Ingenioso. Me pregunto cómo has sido capaz de encontrarla en el almacén. Es extraño que te hayas topado con ella por casualidad.

Nico no respondió. Había hallado tantas cosas maravillosas allí dentro que no recordaba cómo había ido a parar a sus manos su preciada «piel de camaleón».

—¿No dices nada? —El Supervisor se rió—. Bien, no me extraña. Has pasado mucho tiempo aquí, y los operarios no son muy habladores, que digamos.

Alzó una de sus patas mecánicas para atraparlo. Nico trató de huir, pero reaccionó tarde. El Supervisor lo enganchó por la ropa y lo levantó en alto. El niño pataleó, pero el Supervisor no lo soltó.

—No voy a dejar que huyas otra vez —refunfuñó—. Ya nos has dado bastantes dolores de cabeza.

Lo dejó caer en el interior de su vehículo, justo detrás de su asiento. Nico se incorporó para saltar, pero las patas de araña se alzaron en toda su altura y el niño perdió el equilibrio y cayó hacia atrás. Para cuando pudo levantarse de nuevo, la araña ya se había puesto en marcha y el suelo quedaba demasiado lejos.

Nico suspiró con resignación y se acomodó como pudo

detrás del Supervisor. El vehículo arácnido se desplazaba deprisa, pero aun así tardarían horas en salir del almacén. Acunado por el vaivén de la cabina sobre las patas articuladas, Nico se quedó dormido.

Cuando se despertó, seguían en la sección de Juguetes, pero ya se veían las puertas a lo lejos. Nico contempló con melancolía los anaqueles que iba dejando atrás. El Supervisor había dicho que llevaba varias semanas deambulando por el almacén. En todo aquel tiempo no había sido capaz de encontrar el peluche para Claudia.

Parpadeó para retener las lágrimas y desvió la vista. Se fijó entonces en el Supervisor. Tal y como había apreciado la primera vez, no tenía piernas. Pero el vehículo arácnido no formaba parte de su cuerpo. El hombre estaba acomodado sobre una silla especial delante de la consola de mandos, sujeto por un arnés.

El Supervisor detectó su mirada.

—¿Quieres saber cómo perdí las piernas? —dedujo, aunque Nico no se lo había planteado en realidad—. Se las comieron los tiburones —explicó con una sonrisa siniestra.

Nico recordó de golpe por qué se ocultaba en el almacén. Pero la puerta de salida estaba allí, justo frente a él; y detrás de ella había gente. Estarían Belay, Fubu y Micaela, y también Danil y Marlene. Se le aceleró el corazón solo de pensar en volver a verlos. Y se preguntó cómo había sido capaz de pasar tanto tiempo solo, sin ver a nadie, sin hablar con nadie.

Y más allá de aquella puerta, de la sección de Empaquetado, de la isla de Omnia y del océano sembrado de tiburones, en alguna parte... estaba su casa.

Cuando salieron del almacén y se incorporaron al tráfico habitual de los pasillos, Nico gritó y se hizo un ovillo en el interior del vehículo. Había demasiada gente, demasiado ruido...Todo el mundo hablaba a la vez y sus voces resonaban en el interior de su cabeza. Y tenía miedo de que lo vieran, aunque no sabía muy bien por qué.

—Has pasado demasiado tiempo solo, chaval —comentó el Supervisor con gravedad—. Podrías haber perdido la chaveta ahí dentro.

Nico respiró hondo y trató de calmarse. Se tapó los oídos y se asomó fuera de la cabina, con precaución. Lentamente, asimiló su regreso al exterior. Y fue como despertar de un sueño.

Contempló el pasillo principal con maravillada gratitud. Hasta aquel momento no había sido consciente de lo mucho que había echado de menos el mundo en general. La gente que caminaba de un lado a otro, las conversaciones, las caras, el sonido de los pasos y las risas. La vida.

El Supervisor lo llevó de vuelta a su habitación y le ordenó que se diera una ducha. Nico obedeció, aturdido.

Belay no estaba en su cuarto, por lo que Nico dedujo que tendría turno de trabajo. Pensó de nuevo en sus amigos de Empaquetado. Se preguntó si le permitirían regresar con ellos. Ya conocía el trabajo en la sección, y tal vez pudiera quedarse allí hasta que encontrara el modo de volver a casa.

Siempre que el Supervisor no hubiese decidido arrojarlo a los tiburones, claro.

Por si acaso, y para tratar de aplacar su enfado, Nico obedeció todas sus indicaciones. Se duchó, agradeciendo poder hacerlo en condiciones después de varias semanas aseándose como podía en el lavabo del almacén; y después se vistió con el uniforme limpio que le había traído uno de los operarios. Descubrió que se habían llevado la ropa que se había quitado, y suspiró para sus adentros, asimilando que su aventura en el almacén había terminado definitivamente.

Al sentarse sobre la cama descubrió, sin embargo, que su «piel de camaleón» todavía seguía allí. Se había mimetizado con el edredón y tal vez por eso los robots no la habían visto; de hecho, él tampoco la habría descubierto de no haberse sentado encima por casualidad. Con el corazón desbocado, escondió la prenda en su armario justo antes de que la puerta se abriese de nuevo.

El Supervisor entró en la habitación y lo examinó con el ceño fruncido.

—¿Ya estás? Bien, entonces sígueme y procura mantener mi ritmo. No voy a llevarte siempre a cuestas; tú tienes piernas, así que úsalas.

Nico tragó saliva, asintió y se colocó rápidamente a su lado.

El Supervisor lo condujo por los corredores sin dirigirle la palabra. De vez en cuando lo miraba de reojo, para asegurarse de que seguía allí; pero Nico no trató de escapar. No quería darle más motivos para que lo echaran de Omnia por la vía rápida.

En cierta ocasión, el Supervisor torció por un pasillo lateral y Nico, sumido en sus pensamientos, no se dio cuenta. Volvió a la realidad cuando oyó su llamada atronadora:

—¡Aprendiz Nicolás de Empaquetado!

Nico se sobresaltó y se apresuró a seguirlo. Caminaron juntos por un corredor menos concurrido, hasta que el niño dijo:

—Soy Nico.

La voz le salió ronca porque hacía mucho tiempo que no la usaba, pero el Supervisor lo oyó de todos modos.

—¿Cómo has dicho?

Nico carraspeó y repitió, con mayor convicción:

—Que no soy el aprendiz Nicolás de Empaquetado. Me llamo Nico. Solo Nico.

Tenía apellidos también, pero por alguna razón le parecía que no podía usarlos en Omnia, porque pertenecían a una vida anterior, lejana y casi olvidada.

El Supervisor lo miró con gesto adusto.

—Nico, ¿eh? —gruñó.

El niño asintió, pero no replicó, porque no quería hacerlo enfadar. Ya estaba empezando a arrepentirse de haber hablado cuando el Supervisor añadió, con un tono de voz algo más suave:

—Qué casualidad. A mí también me llamaban así.

Nico alzó la cabeza y lo miró, sorprendido.

—¿De verdad? ¿Se llama usted Nicolás, como yo?

—Señor Nicodemo para ti, mocoso —le corrigió el Supervisor, pero Nico detectó en su rostro un amago de sonrisa.

Caminaron en silencio unos instantes más. Nico se dio cuenta de que no había empleados en aquel sector, solo operarios; se preguntó, entre inquieto y esperanzado, si el señor Nicodemo no lo estaría llevando de vuelta al almacén.

—Fue hace mucho tiempo —prosiguió el Supervisor—. Antes de llegar a Omnia.

Nico escuchó con atención.

18

El legendario Thaddeus Baratiak

El señor Nicodemo viajaba con su familia en un avión que cayó al mar. Por lo que él sabía, ni su mujer ni sus hijas habían sobrevivido al accidente.

—A mí me arrastraron las corrientes, más muerto que vivo, hasta la isla de Omnia —le contó—. Entonces aún no se habían construido los Tubos y había barcos que iban regularmente al continente. Pero yo tardé mucho tiempo en recuperarme, y cuando lo hice, ya no quise volver. El mar se había tragado a mi familia, los tiburones habían dado buena cuenta de mis piernas. Pero Omnia me había salvado la vida.

Le dieron un empleo en Mantenimiento, y el señor Nicodemo arreglaba tuberías, reparaba goteras y ajustaba tornillos. Algunas cosas estaban tan rotas que otros técnicos las daban por imposibles. Pero el señor Nicodemo siempre las arreglaba.

—Thaddeus Baratiak oyó hablar de mí —siguió contando—. Le gustaba la forma en que encontraba soluciones ingeniosas para problemas que en teoría no tenían solución. Acudía personalmente a examinar algunos de mis trabajos y tomaba nota. Y un día me dijo que ya no iba a trabajar en Mantenimiento nunca más. Que acababa de crear un nuevo departamento y quería que yo estuviese al frente.

Oficialmente se llamaba «Departamento de Problemas». El señor Baratiak tenía un cuaderno en el que apuntaba posibles mejoras para la empresa; en su mayoría eran ideas tan locas que cualquier persona sensata le habría dicho que eran imposibles de llevar a cabo. Pero Baratiak iba con su proyecto al departamento de Problemas y les planteaba:

—Esto es lo que quiero hacer. ¿Qué problemas le veis?

Los técnicos e ingenieros del departamento, con el señor Nicodemo a la cabeza, examinaban el proyecto desde todos los ángulos y después se reunían con el señor Baratiak y le explicaban por qué no podía hacerse. Entonces el dueño de Omnia volvía a encerrarse en su oficina y seguía trabajando en sus ideas hasta que encontraba la manera de hacerlas viables.

Uno de los proyectos que planteó al departamento de Problemas fue el de los Tubos.

—Eran una pesadilla técnica —confesó el señor Nicodemo—. Les encontramos tantas pegas que no sabíamos ni por dónde empezar a explicárselo. Pero a mí me pareció una idea tan fascinante que desafié a mi equipo a buscar soluciones a los inconvenientes que le veían. Para que no nos limitásemos a afirmar: «Le vemos este problema», sino que pudiésemos decir: «Le vemos este problema, pero creemos que podría arreglarse de esta manera». Yo mismo me impliqué tanto que Baratiak trasladó parte de su taller a nuestro departamento y comenzamos a trabajar juntos, codo con codo. Fue un proyecto que se hizo realidad gracias al empeño de mucha gente.

El Supervisor calló de pronto.

—Es aquí —dijo entonces.

Nico volvió a la realidad. El pasillo desembocaba en una escalera de caracol que se elevaba hacia los pisos superiores. No había ninguna indicación ni cartel que señalara adónde conducía, y el señor Nicodemo se había detenido allí, como si tuviera intención de subir, pero no estuviese seguro de si debía hacerlo.

—Antes —murmuró, pensativo—, yo me desplazaba con una silla de ruedas normal y corriente. El señor Baratiak bajaba a menudo de su oficina y venía a visitarnos en nuestro departamento. Le gustaba recorrer la isla, conocer a todo el mundo, saber en qué trabajaban. Se decía que sabía adónde iba cada paquete que salía de aquí, y lo que contenía. Pero eso es exagerar un poco, me temo —añadió con una sonrisa torcida.

Nico no respondió. El Supervisor siguió hablando:

—Con los años, cada vez pasaba más tiempo en su oficina, y menos en otros sectores. Después empezó a trabajar en un nuevo proyecto revolucionario, y lo vimos todavía menos.

—¿Los Túneles? —se atrevió a plantear Nico.

El señor Nicodemo asintió.

—Los Túneles —confirmó con gravedad.

Un día, Baratiak mandó llamar al señor Nicodemo a su despacho porque tenía algo que consultarle. Como no po-

163

día subir las escaleras con su silla de ruedas, el señor Nicodemo esperó al pie hasta que Baratiak bajó, muy enfadado.

—¡Te he llamado hace horas, Nicodemo! —rugió—. ¿Qué era eso tan importante que no podías dejar para venir a verme?

Entonces Baratiak se dio cuenta de pronto de que Nicodemo no podía subir aquella escalera por mucho que lo intentara. Estaba tan sumido en sus propias meditaciones que lo había olvidado por completo. Pidió disculpas a su amigo y volvió a encerrarse en su despacho.

Cuando bajó, semanas después, presentó al departamento de Problemas un nuevo proyecto tan bien diseñado que no le encontraron ningún defecto. Encargaron su construcción a la mejor empresa del sector y en menos de un mes el señor Nicodemo pudo jubilar su vieja silla de ruedas.

—Esta silla —le explicó a Nico, señalando el vehículo de patas arácnidas— la creó Thaddeus para mí. Puede que sea extravagante y un tanto egocéntrico, pero se trata de un verdadero genio.

—Seguro que sí —convino Nico—. Pero ¿por qué me explica todo esto?

—Porque hoy vas a conocer a Thaddeus Baratiak, y tal vez te sorprenda lo que vas a ver. Pero, pase lo que pase, recuerda que fue él quien inventó los Tubos y los Túneles, y también otras cosas, como mi silla, simplemente porque pensaba que los problemas están para ser solucionados.

Nico se quedó paralizado de asombro ante esta revelación.

—¿Voy a conocer... al señor Baratiak? —quiso asegurarse—. ¿A Thaddeus Baratiak en persona?

—Eso he dicho —confirmó el señor Nicodemo—. Hace años que no sale de su oficina, así que créeme si te digo que no hay muchas personas que hayan hablado con él en los últimos tiempos.

—Pero ¿por qué yo? —preguntó Nico, confundido.

—Lo sabrás en su momento. Vamos, sígueme.

Las patas de araña treparon con agilidad y elegancia por la escalera de caracol. Nico siguió al Supervisor, todavía intimidado.

—Los robots rodantes tampoco podían subir por aquí —le contó este—, de modo que Nia tuvo que adaptar el diseño y por eso hay robots con patas parecidas a las mías.

—¿Nia diseñó los robots? —preguntó Nico, muy sorprendido.

—Los primeros, no. Aquellos fueron obra del señor Baratiak y del departamento de Problemas. Pero después él programó a Nia para que los dirigiera y acabó por delegar casi todo el trabajo en ella.

Subieron los peldaños en silencio. La escalera daba vueltas y vueltas, y las patas mecánicas proyectaban singulares sombras danzantes en la pared. Por un instante, Nico se preguntó si no estaría soñando todo aquello. Llevaba mucho tiempo habitando en un espacio demasiado fantástico como para ser real, pero en ningún momento se había planteado que no lo fuera.

—Ya hemos llegado —anunció entonces el señor Nicodemo—. Procura ser educado, y no hables si no se te pregunta. ¿Queda claro?

Nico asintió.

Siguió al Supervisor hasta una puerta cerrada. El rostro
de Nia se materializó en la pared.

—¿En qué puedo ayudarlo, Supervisor General? —preguntó con voz inexpresiva.

—Necesito hablar con Thaddeus, Nia —gruñó el señor
Nicodemo—. Ya lo sabes.

—Si me comunica el mensaje que le quiere transmitir,
yo misma...

—Quiero hablar con él en persona —la cortó el Supervisor—. Ahora. Es una orden —añadió.

—Inmediatamente, Supervisor General —respondió Nia,
con un tono de voz frío como un témpano de hielo.

La puerta se abrió ante ellos. El señor Nicodemo entró
primero, y Nico lo siguió, pegado a sus enormes patas arácnidas.

Pasaron a una sala que antaño había sido elegante y hasta
lujosa, pero que ahora se veía un poco descuidada. Tenía
forma circular; todos los ventanales estaban cerrados, por lo
que la estancia estaba casi a oscuras. Al fondo, una enorme
pantalla que ocupaba toda una pared emitía lo que parecían
ser anuncios comerciales. Había un hombre sentado en una
butaca, de espaldas a ellos, pero Nico no podía verle la cara
todavía.

El Supervisor carraspeó.

—Thaddeus...

El hombre no respondió. Nico podía oír su respiración, lenta y pesada. Justo cuando empezaba a pensar que se había dormido viendo los anuncios, una voz ronca contestó:

—¿Qué es lo que quieres, Nicodemo?

—Ha habido un incidente...

—Háblalo con Nia —replicó el señor Baratiak—. Para eso está.

—No es con Nia con quien quiero hablar —replicó el Supervisor con cierta rabia—. Hemos encontrado a un niño que se había perdido en el almacén.

Hubo un corto silencio, lleno de expectación. Entonces, lentamente, el sillón giró sobre su eje.

Nico contuvo el aliento ante Thaddeus Baratiak, el legendario fundador de Omnia.

Se trataba de un anciano. A pesar de estar sentado, resultaba evidente que era muy alto; sus brazos y piernas eran muy largos, delgados y angulosos. Probablemente no llegaba a los ochenta años, pero tenía aspecto de ser un hombre muy triste y muy cansado. Llevaba el cabello blanco descuidado y la barba sin afeitar. Y su ropa, aunque se veía limpia y elegante, estaba arrugada, gastada y pasada de moda, como si no hubiese renovado su vestuario en veinte años.

Nico pestañeó, desconcertado. Por lo que él sabía, Thaddeus Baratiak era uno de los hombres más ricos del mundo. Y vivía justo encima de un almacén en el que podía encontrar cualquier cosa que necesitase. Podría vestir a la última, llevar ropa cara o por lo menos un traje nuevo. Pero, por el contrario, tenía el aspecto de alguien a quien hubiesen guardado en un armario durante décadas y lo hubiesen sacado solo de vez en cuando para limpiarle el polvo.

El señor Baratiak, por su parte, examinó a Nico de arriba abajo. Y en sus ojos apagados prendió una chispa de esperanza cuando preguntó, con un hilo de voz:

—¿Tobi?

El señor Nicodemo carraspeó.

—No se trata de Tobi, Thaddeus —explicó—. Es un aprendiz. Se perdió en el almacén hace dos meses y lo hemos encontrado hoy. Vivo y con buena salud, dadas las circunstancias —añadió.

—Oh —dijo solamente el señor Baratiak.

Parecía haber perdido totalmente el interés en ellos. Volvió a girar su sillón y sus ojos se extraviaron en algún punto de la pantalla, en la que un anuncio publicitario ensalzaba las virtudes de un prodigioso champú que transformaba el cabello humano en coloridas plumas de ave.

—Si seguimos buscando, tal vez...—insistió el Supervisor.

Pero el dueño de Omnia lo interrumpió:

—Nia se encarga de eso, Nicodemo. Ella me avisará cuando haya noticias de verdad.

—No creo que debas dejarlo todo en sus manos —opinó el Supervisor—. Ni siquiera tiene manos —añadió, ceñudo, tras un instante de reflexión.

—Tiene más manos que tú —replicó el señor Baratiak sin volverse—. Y más piernas también, y eso no lo puede decir cualquiera —observó.

—Pero no es infalible. En los últimos meses ha habido algunos errores con los pedidos y se han estropeado media docena de operarios. Si has leído mi informe...

Pero su jefe agitó la mano con desgana, dejando claro que no se había molestado en hacerlo.

—Nia lo solucionará todo, como hace siempre —respondió—. Para eso está.

Pareció que el señor Nicodemo iba a replicar; pero su jefe seguía sin mirarlo, atento ahora al anuncio de un sillón hinchable que podía guardarse plegado en un bolsillo. El Supervisor suspiró, sacudió la cabeza y dijo:

—Entendido, Thaddeus. Que pases un buen día.

El señor Baratiak no contestó, ni se volvió para mirarlos cuando salieron de allí.

Cuando la puerta se cerró tras ellos, Nico respiró profundamente, aliviado por haber salido del ambiente opresivo que reinaba en el interior de la oficina. Miró de nuevo al señor Nicodemo, pero él parecía sumido en sus pensamientos y no le prestó atención. Lo siguió escaleras abajo, inquieto al detectar su gesto abatido y resignado, y solo al cabo de unos momentos se atrevió a preguntar:

—¿Quién es Tobi?

El Supervisor se volvió para mirarlo, como si acabara de recordar de pronto que seguía a su lado. Meditó unos instantes antes de responder con otra pregunta:

—¿Has oído esas historias sobre gente que se pierde en el almacén y nunca vuelve a aparecer?

—Sí —contestó Nico—. Pero no me las creo. Es verdad

que el almacén es enorme, pero nadie se puede perder allí. Los robots te encuentran enseguida.

—A ti han tardado en encontrarte.

—Porque yo no estaba perdido, estaba escondido. No quería que me encontraran.

—Tú has tenido suerte —replicó el señor Nicodemo—. Todavía no eres consciente del riesgo que has corrido, ¿verdad?

Nico lo miró sin comprender. El Supervisor suspiró de nuevo.

—¿Sabes por qué el almacén de Omnia está ubicado precisamente en esta isla?

—Porque pertenece al señor Baratiak —respondió Nico.

—Sí, en efecto. Pero a estas alturas el señor Baratiak podría haber comprado muchas otras islas, o haber construido almacenes en otras partes del mundo. ¿Sabes por qué no lo ha hecho?

Nico negó con la cabeza.

—Porque no le hace falta —concluyó el Supervisor—. ¿Has oído hablar alguna vez de la teoría del espacio expansible?

19

El señor Baratiak y el espacio expansible

La teoría del espacio expansible se había formulado por primera vez un siglo atrás, cuando un científico finlandés llamado Jarkko Keskimaunu había asegurado que existían algunos lugares en el mundo que eran más grandes de lo que parecían. Él mismo afirmaba haber hallado uno de ellos, en una caverna en el norte de Laponia en la que se había refugiado del mal tiempo durante una excursión. Contó que había vagado por su interior durante días; finalmente había encontrado la salida, y al rodear la montaña por fuera había comprobado que era físicamente imposible que aquella caverna fuese tan grande como le había parecido en un principio. Hizo las mediciones más precisas que pudo y regresó a la civilización para dar cuenta de su descubrimiento; pero ya no fue capaz de volver a localizar aquel lugar y, por tanto, nadie lo creyó.

Mucho tiempo después, esta asombrosa historia llegó a oídos de Thaddeus Baratiak. Por aquel entonces tenía una empresa de venta por catálogo que funcionaba bastante bien; pero ya se había topado con los inevitables problemas de almacenaje y no se resignaba a que sus sueños quedaran limitados por el espacio que necesitaba para guardarlos. Investigó sobre la teoría del espacio expansible, incluso viajó a Laponia en busca de la cueva descubierta por Keskimaunu, sin éxito. Siguió recopilando información y encontró algunos testimonios de marinos que habían hallado una isla extraña que parecía más pequeña de lo que era en realidad. Algunos aseguraban que habían tardado solo unas horas en rodearla, pero habían necesitado semanas enteras para recorrerla de parte a parte. Baratiak, convencido de que aquel era uno de los lugares que estaba buscando, investigó todos los documentos que pudo hallar sobre la isla, hasta que dio con uno que facilitaba unas coordenadas aproximadas. Después zarpó en su busca y, cuando por fin la encontró, vendió todo cuanto tenía para poder comprarla. Y empezó de nuevo, instalando allí la sede de su empresa y construyendo un almacén que demostró con creces que podía ser justo lo que necesitaba.

—¿Quiere decir que el almacén es más grande por dentro que por fuera? —preguntó Nico, incrédulo.

—Sí, pero eso es lo de menos. Lo principal es que el espacio en su interior puede ampliarse a medida que lo necesitas. Puedes guardar todo lo que quieras ahí dentro, y el almacén simplemente se hace más grande. Se estira como un chicle. Pero solo por dentro, no por fuera, ¿entiendes?

—¿Cómo es eso posible?

—No lo sabemos. Si Keskimaunu hubiese seguido desarrollando su teoría del espacio expansible tal vez habría encontrado una explicación..., pero sus contemporáneos lo tomaron por loco, y el único que ha continuado con sus investigaciones es un hombre de negocios que tiene alma de inventor, pero que no es un científico de verdad.

Nico recordó entonces al anciano que veía anuncios comerciales en una pantalla gigante. Si aquel era realmente Baratiak, no se parecía en nada a la persona de la que le habían hablado.

El señor Nicodemo percibió sus dudas.

—La gente tiende a perderse en el interior del almacén —murmuró—. Los robots no se pierden, porque no se distraen. Tienen un sentido del espacio diferente al nuestro. Y yo tampoco me pierdo —añadió con satisfacción—, porque mi vehículo cuenta con un modo automático que puede sacarme del almacén si me despisto.

—Pero... —empezó Nico; el Supervisor lo interrumpió, porque no había terminado de hablar.

—Sin embargo, hace veinte años Tobías Baratiak se desorientó ahí dentro y nunca pudimos encontrarlo. No sabemos si está vivo o muerto, porque tampoco hallamos su cuerpo jamás.

—¿Tobías...?

—... Baratiak, sí. El hijo del fundador de Omnia. Tenía solo catorce años cuando se perdió. Le gustaba trastear en la sección de Juguetes, como a ti. La había convertido en su parque de juegos y podía pasar horas y horas allí dentro. Y su padre se lo permitía sin restricciones.

»Un día, Tobi entró en el almacén... y ya no volvió. El señor Baratiak paralizó la actividad de Omnia y envió a todos los empleados a buscarlo. Durante muchos días no hubo envíos, los pedidos quedaban sin atender y la compañía estuvo a punto de quebrar. Pero había que encontrar a Tobi.

—¿Y qué pasó? —se atrevió a preguntar Nico.

—Algunos empleados se perdieron también. La mayoría encontraron el camino de vuelta tarde o temprano, pero hubo una mujer que murió de inanición después de pasar varias semanas deambulando por la sección de Bricolaje, incapaz de hallar la salida. Localizamos su cuerpo demasiado tarde, y fue entonces cuando el señor Baratiak ordenó detener la búsqueda.

»Pero no se rindió. Acudió al departamento de Problemas y nos encargó que diseñásemos robots capaces de peinar el almacén sin perderse. Cuando estuvieron acabados, los envió al almacén y reprogramó a Nia para que coordinara la búsqueda. Los empleados regresaron a sus tareas habituales y Omnia se puso en marcha de nuevo.

»Han pasado dos décadas y aún no hemos encontrado a Tobi. La lógica nos dice que es poco probable que siga vivo, aunque tampoco hemos encontrado sus restos. Pero, tanto si ha sobrevivido como si no, los robots deberían haberlo localizado ya. Por eso pensamos que los espacios expansibles como nuestro almacén podrían poseer propiedades físicas que todavía desconocemos. Quizá Tobi sigue perdido entre los pasillos; quizá el almacén se amplió a medida que él lo recorría, y ahora está atrapado en un bucle espacial, rondando por alguna sección a la que nosotros no tenemos acceso. O tal vez algún día los robots se topen por fin con su pequeño esqueleto acurrucado en algún rincón.

El Supervisor se detuvo en mitad de la escalera y se volvió para mirar a Nico con severidad.

—Y por eso —concluyó— está terminantemente prohibido entrar en el almacén. Sé que la sección de Juguetes es una tentación demasiado grande para cualquier niño, pero no queremos que la tragedia de Tobi se vuelva a repetir. ¿Queda claro?

Nico asintió, sobrecogido ante la historia que acababa de escuchar. Recordó sus días en el almacén; ahora le parecía todo muy lejano, y se asombró al pensar que había pasado tanto tiempo escondido allí dentro. Guardaba en su memoria la imagen difusa de un extraño robot, pero no lo recordaba con claridad y ya no estaba seguro de si lo había soñado o no. No obstante, sí era consciente de que a menudo se había desorientado en sus excursiones en busca de comida o cosas que necesitaba. ¿Y si se hubiese perdido? ¿Y si hubiese sido incapaz de encontrar el camino hasta Alimentación? ¿Habría muerto de hambre? Podría haber corrido al encuentro de los robots, pero había llegado un momento en que ya los evitaba por costumbre.

¿Había estado a punto de volverse loco allí dentro? ¿Le habría sucedido a Tobi algo similar? ¿Estaría su cuerpo olvidado en algún conducto de ventilación, en un refugio parecido al que había sido su propio hogar durante las últimas semanas?

Después de conocer a Thaddeus Baratiak y escuchar las

historias del señor Nicodemo, le parecía inconcebible que se le hubiese pasado por la cabeza esconderse en el almacén durante tanto tiempo. Y entonces recordó por qué lo había hecho.

—Estaba buscando un peluche —murmuró—. Para mi hermana. Porque perdió el suyo por mi culpa, y solo aquí podía encontrar uno igual.

El Supervisor lo miró con cierta tristeza.

—¿Te das cuenta de lo que has hecho? Ya no podrás volver a casa nunca más.

—Pero yo llegué a través de los Tubos —protestó Nico—. Tal vez...

—No. No pienso permitir que corras más riesgos, ¿queda claro? Y para asegurarme de que no haces ninguna tontería, le pediré a Nia que te prohíba terminantemente el paso a la sección de Envíos. Solo eso me faltaba, que te quedases atascado en un Tubo —resopló.

—¿Y qué hay de los Túneles? —preguntó Nico débilmente.

El señor Nicodemo gruñó por lo bajo.

—¿Qué sabrás tú de los Túneles, si nunca los has visto?

—¿No son como los Tubos?

—No. Los Tubos tienen una entrada y una salida, y un conducto que las une y que se ha diseñado, proyectado y construido desde Omnia. Los Túneles, en cambio, solo tienen una entrada que podamos controlar. Y a veces generan una salida en otro lugar. Pero nadie sabe lo que hay en medio. Entras en el Túnel y automáticamente sales al otro lado.

Se trata de un proceso que todavía no conocemos muy bien y que aún estamos investigando, y además es muy fácil perderse en el trayecto; muchos exploradores de Omnia entraron en un Túnel inestable y no los hemos vuelto a ver, lo cual los hace mucho más peligrosos que los Tubos.

—Entonces ¿tampoco podré usar un Túnel para volver a casa? —preguntó Nico con desaliento.

—No podrías ni aunque fuesen seguros al cien por cien, chaval. Los Túneles nos comunican con otros mundos y otras épocas, pero todavía no hemos sido capaces de conectarlos con otros lugares de nuestro propio mundo. A pesar de que esa era precisamente la intención del señor Baratiak cuando nos planteó la idea.

»Tras el lanzamiento de la web empezaron a llegar pedidos de todo el mundo, y al principio nuestros Tubos no llegaban tan lejos. Con los Túneles intentábamos crear un sistema de transporte instantáneo que no requiriera tanta infraestructura, no sé si me entiendes. Invertimos mucho dinero y recursos en el proyecto, pero no conseguíamos hacerlos funcionar. Y fue entonces cuando Tobi se perdió en el almacén... y el señor Baratiak dejó de interesarse por los Túneles. Lo abandonamos todo para encontrar a Tobi y hace unos años, cuando ya habíamos perdido la esperanza, Nia estuvo a punto de cancelar el proyecto porque estaba paralizado.

»Entonces yo decidí retomarlo. Pensaba que, si el departamento de Problemas conseguía hacer funcionar los Túneles, tal vez lograríamos sacar al señor Baratiak de su apatía.

»Por fin, tras muchos meses de trabajo intenso y con la ayuda de Nia, los Túneles se activaron... y nos condujeron hasta otros mundos. Aquello fue más de lo que pudimos manejar en un principio. Seguimos experimentando para ajustarlos, y así conseguimos alcanzar otras épocas, e incluso lugares que solo existían en la imaginación de la gente. Cuando el señor Baratiak lo vio, decidió cambiar el lema de la compañía. Hasta entonces había sido "Todo lo que existe". Ahora, Omnia tiene "Todo lo que puedas soñar".

»Los Túneles no cumplen con su propósito original, en realidad. No pueden sustituir a los Tubos porque, aunque a través de ellos puedas llegar a Tau Ceti, la Atlántida, el Neolítico o el País de Oz, no pueden conducirte al Nueva York del presente, por ejemplo. Para eso sigue siendo más práctico viajar en avión.

»Por otro lado, hace ya tiempo que el señor Baratiak perdió el interés en ellos. Después de todo, y aunque puedan comunicarnos con otros mundos, no han sido capaces de devolverle a Tobi. Durante un tiempo intentó programarlos para que lo llevasen al pasado, a un momento anterior al fatídico día en que Tobi entró en el almacén. Pero aún no hemos aprendido a ajustarlos con tanta precisión. Cuando abrimos un Túnel y conseguimos estabilizarlo..., el lugar al que nos conducirá es un misterio. Podría decirse que encontramos nuestros lugares de destino por casualidad.

»A pesar de todo, los Túneles han dado un nuevo empuje a Omnia. Somos la única tienda en la Tierra que vende objetos procedentes de otros mundos. Estamos creciendo a velocidad geométrica, y la buena noticia es que podemos hacerlo, porque nuestro almacén puede ampliarse al mismo ritmo.

»La mala noticia es que, cuanto más grande se haga el almacén, más difícil resultará localizar a Tobi y a cualquier otro idiota que se pierda dentro —añadió, taladrando a Nico con una mirada feroz.

El niño enrojeció y trató de cambiar de tema.

—¿De verdad el señor Baratiak inventó todas esas cosas? —planteó, dudoso—. No parece...

—Ya lo sé —le cortó el Supervisor, de mal humor—. No ha sido el mismo desde que perdió a Tobi. Al principio trabajó de sol a sol para recuperarlo... pero parece que ya se ha rendido. Se pasa los días ahí sentado, viendo anuncios y dando la espalda a la empresa que creó. Ya no hay nada que le importe ni que pueda despertar su interés. Por eso...

—¿Por eso me ha llevado a verlo? Porque si yo he salido del almacén, tal vez Tobi...

—Sinceramente —le interrumpió el señor Nicodemo con pesar—, dudo mucho que volvamos a encontrar a Tobi con vida. Pero no quiero que pierda la esperanza, al menos hasta que encontremos alguna pista sobre lo que le pasó. Si supiésemos seguro que murió allí dentro..., el señor Baratiak podría llorarlo, hacer duelo, ¿me entiendes? Asumir que se ha ido y seguir con su vida. Ahora está así porque siente que debe hacer algo, pero no sabe qué. Y, por otra parte, Nia...

Se interrumpió de pronto, como si hubiese estado a punto de decir algo inconveniente.

—Bueno, basta de charla —concluyó—. Ya sabes más acerca de Omnia que la mayoría de los empleados, así que espero que no vuelvas a desobedecer las normas ni cometas ninguna otra estupidez.

Se detuvo en mitad del pasillo, y Nico se dio cuenta de que habían llegado a su habitación.

—Descansa un poco —ordenó el Supervisor—. En el próximo turno volverás a Empaquetado.

—¿No me van a echar de aquí? —se sorprendió Nico.

El señor Nicodemo le dirigió una enigmática sonrisa.

—No tientes a la suerte, aprendiz Nicolás de Empaquetado —respondió, antes de dar la vuelta y alejarse por el pasillo, bamboleándose sobre sus patas arácnidas—. No tientes a la suerte.

20

Confidencialidad

Nico se reincorporó a Empaquetado y se sintió bien al comprobar que sus compañeros se alegraban de volver a verlo. Belay y Micaela lo envolvieron en un abrazo de oso, y Fubu le estrechó la mano ceremoniosamente. Nico reprimió un estremecimiento al tocar aquellos dedos largos, finos y sorprendentemente fríos, pero se esforzó por mostrarle su mejor sonrisa. Marlene comentó:

—Ya era hora de que aparecieras, chaval.

El único que no le dijo nada fue Danil, pero de todos modos nunca se molestaba en hablar con él, de modo que Nico no se lo tuvo en cuenta.

Ninguno de sus compañeros le preguntó dónde había estado todo aquel tiempo. Se limitaron a recibirlo como si hubiese vuelto después de unas largas vacaciones en la playa. Tal vez no les interesara, o quizá ya lo supieran pero no querían hablar de ello; Nico no lo sabía.

Por la noche, sin embargo, cuando Belay y él ya estaban acostados y a punto de dormirse, oyó la voz de su amigo desde la litera de abajo:

—Y... ¿cómo es el almacén?

Nico pensó en la respuesta que debía darle.

—Grande —dijo al fin—. Supergrande —añadió tras otro instante de reflexión.

—Ah, claro —respondió Belay—. Buenas noches.

—Buenas noches.

No hablaron más del tema, y nadie más le preguntó. Pero a Nico le pareció que lo trataban con un nuevo respeto y cierta sorpresa teñida de recelo, como si todos supieran lo que había hecho pero nadie se atreviera a mencionarlo.

Pronto, sin embargo, se reintegró a la rutina diaria en Empaquetado. Como durante su aprendizaje ya había pasado por todos los eslabones de la cadena, se incorporó al puesto que le habían asignado en un principio: montador de cajas junto a Marlene. De todas las fases del proceso, aquella era la que más tiempo llevaba, y por eso en el resto de los equipos tenían a dos personas que se ocupaban de ello. Nico habría preferido trabajar con Belay, con Micaela o incluso con Fubu, pero se resignó a formar equipo con la antipática Marlene y trató de tomárselo con filosofía. Después de su larga y solitaria aventura en el almacén se sentía tan aliviado de verse de nuevo rodeado de gente que se creía capaz de quedarse allí para siempre, entre cajas de cartón, a pesar de la compañía.

Después de todo, era agradable tener algo que hacer, compartir el trabajo en equipo y seguir un horario todos los días. Al principio se mostró un poco torpe porque hacía mucho tiempo que no practicaba, y Marlene lo reñía mucho; pero pronto aprendió a montar las cajas con mayor rapidez. Su objetivo era llegar a ser más eficiente que su compañera; y, aunque ella decía que no tenía tiempo para competiciones absurdas, Nico notó que aceleraba el ritmo para no verse superada por él.

En los turnos libres, Nico acompañaba a Belay y a Micaela a las Salas de Recreo. Había otros niños de su edad en Omnia, pero Nico no se sentía a gusto entre ellos. Lo miraban de forma extraña, como si procediese de otro planeta. A Nico le resultaba molesto; después de todo, sí había en Omnia gente de otros planetas, y no se portaban con ellos de la misma manera. Tal vez, pensó, todos esperaban que un empleado de otro mundo fuese raro o, cuando menos, exótico. Pero todos los niños humanos de Omnia habían nacido en la isla. Nico no era como ellos, y probablemente nunca lo sería.

Se sentía muy confuso al respecto. Cada día que pasaba le costaba más trabajo recordar a su familia, a sus amigos y el mundo que había dejado atrás. Tampoco podía ya integrarse con los omnienses de su edad, porque, tal y como descubrió con asombro, era demasiado mayor para ir al colegio. En Omnia, los niños estudiaban en la escuela hasta los diez años, y después se incorporaban al trabajo como aprendices. Tenían más turnos libres que los adultos, y muchos utilizaban algunos de ellos para seguir estudiando, al menos hasta que cumplieran los catorce. Entonces se convertían en empleados de pleno derecho, cobraban un sueldo y trabajaban las mismas horas que los demás.

Nico se sintió un poco estafado. Desde su llegada a Omnia había trabajado en un horario de adulto, sin saber que tenía derecho a más turnos libres. Fue a ver a Electra, de Personal, para decírselo; pero ella lo miró por encima de las gafas y replicó:

—¿Hablas en serio? ¿No eres tú el que ha estado dos meses desaparecido? Podríamos descontar ese tiempo de tus turnos libres y tus vacaciones de los próximos siete años, y aún nos quedaríamos cortos. Pero soy generosa y pasaré por alto el tiempo que nos debes. Tendrás el horario de un empleado adulto de aquí en adelante, con los mismos turnos libres, y si no vuelves a faltar a tu puesto puede que el año que viene puedas tomarte una semanita de vacaciones. ¿Has entendido?

Nico calló, sin tener claro si aquel acuerdo lo perjudicaba o no. Pero Electra lo miraba de aquella manera suya tan inquietante, de modo que se limitó a asentir y volvió al trabajo, desanimado.

La vida seguía en Omnia. Nico ya casi había acabado por asumir que nunca saldría de allí cuando un día Micaela pescó una buena gripe. Aquella mañana no pudo ni levantarse de la cama, y el equipo decidió que Nico la sustituiría hasta que se recuperase. Marlene pareció claramente aliviada de quitárselo de encima, y Nico, molesto, fue a ocupar el puesto de Micaela al final de la cinta transportadora. Precintar cajas no era tan entretenido como montarlas, y pronto empezó a aburrirse.

El trabajo era monótono y no tenía a nadie con quien hablar. Micaela no estaba, Fubu no podía darle conversación y Belay quedaba muy lejos, al otro extremo de la cinta transportadora. Precintar caja, pegar etiqueta..., precintar caja, pegar etiqueta..., precintar caja, pegar etiqueta...

Al cabo de un rato empezó a fijarse en las direcciones de las etiquetas y a fantasear con que algún día llegaría tan lejos como aquellos paquetes; Chengdu, China; Johannesburgo, Sudáfrica; San Francisco, Estados Unidos; Minsk, Bielorrusia; Limón, Costa Rica; Baalbek, Líbano...

Había oído hablar de algunas de aquellas ciudades, pero otras no las conocía. No tardó en empezar a «coleccionar lugares»; al principio era sencillo porque casi todos eran diferentes, pero pronto empezaron a repetirse.

Al día siguiente, Nico volvió a ocupar el puesto de Micaela. Precintar cajas y pegar etiquetas seguía siendo tan tedioso como la jornada anterior, así que volvió a centrarse en los destinos de los envíos, sonriendo cuando leía en la etiqueta algún lugar particularmente exótico o peculiar.

Hasta que se topó con una caja que iba a viajar a una localidad dolorosamente familiar.

Nico volvió a leer la etiqueta, sin poder creerlo, mientras los recuerdos de su vida anterior lo asaltaban de pronto como si acabase de abrir un armario abarrotado de trastos olvidados.

El destino de aquel envío era su ciudad. La dirección indicaba una calle céntrica, que Nico conocía bastante bien. Recordaba haber paseado a menudo por ella con sus padres y su hermana.

Los ojos se le llenaron de lágrimas.

—¡Nico! —lo llamó Danil con urgencia.

El niño volvió a la realidad y se dio cuenta, alarmado, de que el siguiente paquete avanzaba alegremente hacia la compuerta de salida de la sección sin que lo hubiese precintado. Alguien pisó el pedal para detener la cinta y Nico se apresuró a corregir su error. Pero se quedó mirando el paquete que viajaría a su ciudad de origen hasta que desapareció al otro lado de las cortinillas de goma, deseando poder seguir el mismo camino.

—¡No te distraigas! —lo riñó Marlene—. Todos los paquetes deben salir de aquí perfectamente precintados y con la dirección bien pegada en un lugar visible, y llevamos un ritmo medio de tres coma siete paquetes por minuto. ¿Lo has entendido?

Nico asintió, rojo de vergüenza. Se centró en su trabajo, evitando fijarse en las etiquetas. Pero era tan aburrido que volvió a hacerlo cuando comprobó de reojo que Marlene no miraba.

Siguió escudriñando las direcciones, ansioso por encontrar otro paquete destinado a su hogar. Antes de que terminara el turno precintó una caja que viajaría a un pueblo cercano a su ciudad, y se preguntó si alguno de sus vecinos haría algún pedido a Omnia. O tal vez... sus propios padres.

Se le aceleró el corazón un instante, antes de comprender que, aunque su familia comprase alguna cosa en Omnia, el artículo no tenía por qué pasar por sus manos. Después de todo, Empaquetado era una sección muy grande en la que trabajaban muchos equipos diferentes. Y además, Micaela no tardaría en recuperarse de su gripe, y entonces Nico volvería a montar cajas.

Pero si alguien de su entorno..., quizá no sus padres, sino tal vez un vecino, o los padres de algún amigo..., compraran algo a través de la web... y él tuviese la oportunidad de echarle el guante...

Era una posibilidad muy remota. Pero... ¿y si...?

Aquella noche, en la oscuridad de la habitación, le preguntó a Belay:

—¿Crees que podría enviar un mensaje?

—¿Hummm? —preguntó él, medio dormido—. ¿Qué tipo de mensaje?

—A mis padres. Dentro de uno de los envíos. Si ellos comprasen algo a Omnia y nosotros lo empaquetáramos...

Belay se despejó del todo.

—¿Quieres enviar una carta? Sabes que eso no está permitido, ¿verdad?

—¿Por qué? —preguntó Nico, desconsolado. Lo cierto era que había supuesto que estaría prohibido, pero hasta aquel momento no había perdido la esperanza de que fuera posible.

—Está en tu contrato de trabajo —respondió Belay—, apartado 36, punto 7J, segundo párrafo. El que trata de la confidencialidad.

—¿La confidencialidad?

—Quiere decir que no puedes hablar a nadie de lo que ocurre dentro de Omnia. Nuestra forma de funcionar es tan revolucionaria que cualquier dato podría dar pistas muy valiosas a la competencia. Por esta razón no te puedes comunicar con el exterior de ninguna manera, ni por teléfono ni por correo postal, y todas nuestras conexiones a internet son vigiladas por Nia para asegurarse de que no sale de aquí ningún tipo de información al respecto.

—No voy a contar nada de Omnia —se defendió Nico—. No creo que a mis padres les importe.

«Aunque Mei Ling alucinaría con todo esto», se dijo. Recordar a su amiga le puso triste. Se preguntó cómo había podido pasar tanto tiempo sin pensar en ella.

—Solo quiero que sepan que estoy aquí, y que estoy bien —añadió. «Y que vengan a buscarme», pensó, pero no lo dijo—. Hace meses que no saben nada de mí. Quizá creen que me han secuestrado, o que estoy muerto.

Belay se enterneció un poco.

—Bueno, no sé..., si da la casualidad de que tenemos que empaquetar un envío para tus padres, quizá puedas meter una nota dentro. Pero podríamos tener muchos problemas por eso —precisó antes de que Nico empezara a emocionarse—. Yo creo que tendrías que atenerte a las normas y no meterte en más líos. Si no te gustaban las condiciones del contrato, no deberías haberlo firmado.

«Ni siquiera lo leí», tuvo que admitir Nico para sus adentros. Pero lo que replicó fue:

—¡En Personal me dijeron que si no firmaba el contrato me echarían a los tiburones!

—Sí, esas son las normas. Viniste a Omnia porque quisiste, nadie te obligó ni te engañó para que lo hicieras. Ahora que estás aquí, tendrás que cumplir nuestras leyes si quieres quedarte.

—Es que no quiero quedarme —dijo Nico muy bajito—. Quiero volver a casa con mi familia.

Belay guardó silencio un instante. Después preguntó a media voz:

—¿Te he hablado alguna vez de mi padre?

—Me lo presentaste en el Jardín Residencial —respondió Nico con precaución, recordando al señor enfurruñado del balcón—. La verdad es que no parece tan...

—¿Viejo? —lo ayudó Belay—. Es verdad, aún no tiene edad para estar jubilado.

Hizo una pausa, pensativo, y continuó:

—Mi padre no nació en Omnia, ni pudo marcharse cuando cerraron las fronteras. Lo rescataron del mar poco después, pero tenía una vida en otra parte, y nunca aceptó que jamás saldría de aquí.

—Pero tú sí naciste en Omnia, ¿no? —preguntó Nico con curiosidad.

—Sí; mi madre llegó en el último barco, justo antes de que el señor Baratiak nos aislara del mundo. Se cruzó en el muelle con los empleados que abandonaban Omnia para siempre. Ella ya sabía a qué venía; huía de un país en guerra donde no había más que hambre y miseria, así que se alegró mucho de ser seleccionada para vivir en Omnia el resto de su vida.

»Pero mi padre era diferente. Trató de escaparse de Omnia de varias maneras; una vez estuvo a punto de ser devorado por los tiburones. En el Consultorio Médico conoció a mi madre, que estaba recién operada de apendicitis, y bueno, tiempo después se casaron y nací yo. Lamento decir que no bastamos para hacerle olvidar el mundo exterior, aunque durante un tiempo fuimos felices. O eso creíamos.

»Cuando yo tenía trece años, mi padre intentó fugarse otra vez a través de los Tubos y se quedó atascado. Lo sacaron de ahí de milagro; tenía varias costillas rotas y los ojos resecos e hinchados, y apenas podía respirar. Se había quedado medio sordo a causa del viento, y además se volvió claustrofóbico, ¿sabes? Ya no soporta los espacios cerrados.

—Vaya —murmuró Nico, muy impresionado—. Lo siento mucho.

—Trató de reincorporarse al trabajo pero estaba demasiado hecho polvo, tanto física como anímicamente. Y así acabó en el Jardín Residencial.

»Mi madre sigue trabajando en Catalogación y va a verlo todos los días, aunque él no le hace mucho caso. La verdad es que no podemos reprochárselo. Los tres sabemos que lo intentó y que realmente quería iniciar una nueva vida aquí. Es solo que..., bueno, llegó a Omnia de la manera equivocada y en el momento equivocado. Si hubiese naufragado tres años antes, podría haber vuelto al continente en el ferry sin problemas. Pero claro, entonces yo no habría nacido.

—Así que me entiendes —murmuró Nico—. Yo no he nacido en este sitio ni vine para quedarme. Por eso quiero volver a casa.

—Sí, lo entiendo. Pero también he visto lo que le ha pasado a mi padre por no querer aceptar la realidad. Tú eres muy joven, aún puedes adaptarte.

—También soy más pequeño que un adulto. Aún puedo marcharme a través de los Tubos.

—Te quedarías atascado.

—No, si voy con cuidado.

—Eso no lo sabes.

—Sí que lo sé: yo llegué a través de los Tubos, y estoy entero.

Hubo un silencio sorprendido.

—¿En serio? —preguntó Belay finalmente.

—Sí, en serio.

—¿Y cómo lo hiciste?

—Me metí dentro de un acuario para sirenas.

—Oh. —Belay calló un momento y después preguntó—: ¿El modelo Galatea? Empaquetamos muchos antes de

192

Navidades porque fue artículo del mes y, claro, eso aumenta mucho las ventas.

—No lo sé, supongo. De todas formas —añadió—, lo único que he pedido es poder enviar una nota a mis padres. No me puedo creer que con las cosas tan asombrosas que tenéis aquí... no seáis capaces de ponerme en contacto con mi familia.

—Podemos —replicó Belay, un poco ofendido—, pero va contra las normas, ya te lo he dicho.

Nico no replicó, pero se abrazó con fuerza a Rudi y hundió la cara en la almohada para que su compañero no se diese cuenta de que estaba llorando.

Aunque Belay lo oyó de todas maneras.

21

Mensaje de Fubu

La gripe de Micaela duró dos días más. Nico siguió cubriendo su puesto, precintando cajas y examinando las etiquetas casi con ansiedad. Localizó otros tres envíos a su ciudad, pero ninguno de ellos se acercaría siquiera a su barrio.

Cuando por fin regresó Micaela a Empaquetado, sus compañeros la saludaron con cariño y efusión. Pero Nico volvió tristemente a su puesto original. Montar cajas ya no le parecía entretenido. Ahora ya no podía saber si alguno de aquellos paquetes pasaría cerca de su hogar. Micaela se portaba muy bien con él pero, después de la reacción de Belay, Nico no se atrevía a pedirle que examinara las etiquetas para avisarlo si había algún envío con destino a su ciudad.

Los días fueron pasando, uno tras otro. Nico se encontraba cómodo en Omnia, con sus compañeros y su rutina diaria. Pero no era feliz. Cada vez añoraba más y más su vida anterior, su casa, su familia y todo lo que había dejado atrás. La fascinación que había sentido al principio por todo lo que sucedía en el corazón de Omnia se iba evaporando poco a poco, a medida que transcurrían las jornadas.

Tan abatido estaba que no se dio cuenta de que Belay, Micaela y Fubu se retiraban a menudo en los descansos para conferenciar en voz baja e intercambiar notitas garabateadas apresuradamente. De vez en cuando lanzaban miradas de reojo a Nico y Micaela movía la cabeza, preocupada.

Una tarde, al concluir su turno, Fubu deslizó un papel en la mano de Nico antes de separarse de él en el pasillo en dirección a su habitación.

—Léela cuando estemos solos —le susurró Belay en voz baja.

Nico lo miró, sorprendido, pero no dijo nada. Se guardó la nota en el bolsillo y siguió a su amigo hasta el cuarto que ambos compartían. Una vez allí, se sentó en la cama y leyó, con creciente asombro, la larga carta de Fubu:

Buenas tardes.

Hemos notado que no te sientes muy feliz últimamente. Eso nos entristece mucho. Nos gustaría que estuvieses a gusto en nuestro equipo, en Empaquetado y en Omnia en general. Pero entendemos que tu hogar está en otra parte y debes volver a él. Y estamos dispuestos a ayudarte.

Sin embargo, es difícil hacer algo en Omnia sin que Nia se entere. Ella está programada para hacer cumplir las normas sin excepciones, por lo que no comprendería tu situación y trataría de impedir que te marcharas de aquí. Los sensores acústicos de sus robots lo captan casi todo, y por eso Belay y Micaela no pueden hablar contigo libremente. Pero Nia no tiene motivos para sospechar de mis notas, porque las utilizo de forma habitual para comunicarme con los humanos.

Tenemos un plan. Es muy peligroso y está terminantemente

prohibido por las normas de la compañía. Pero si estás seguro de que quieres correr el riesgo, podríamos intentarlo.

Nico alzó la cabeza para mirar a Belay, que lo contemplaba con seriedad; pero él le indicó con un gesto que siguiera leyendo:

La única forma de salir de aquí es la que ya conoces, la misma por la que entraste: los Tubos.

Nuestro plan consiste en generar un falso pedido que haya que mandar a la dirección de tus padres. Belay nos ha contado que llegaste hasta aquí escondido en un acuario para sirenas. Podríamos buscar en el catálogo algo similar, tal vez un armario o un baúl de buen tamaño. Encontraríamos la manera de meterte dentro, empaquetarte y enviarte a través de los Tubos. Así, si todo sale bien, nuestra empresa de mensajería llevaría el baúl, contigo en el interior, hasta la casa de tus padres.

No quisiera crearte falsas esperanzas. No sabemos si el plan que estamos trazando puede llevarse a cabo o no, puesto que no se puede manipular la base de datos de la web. Aunque alguno de nosotros supiera cómo se hace, que no es el caso, Nia controla todo el sistema operativo, y advertiría enseguida cualquier intrusión. Por ello este plan queda fuera de nuestras posibilidades.

Sin embargo, hemos oído hablar de alguien que podría ayudarte. Es posible que no sean más que rumores sin fundamento. Pero sabemos que en los últimos meses ha habido algunos pequeños problemas. Retrasos en los envíos, desorden en el almacén, operarios que fallan sin razón aparente... Y todo el mundo en

Omnia sabe que Nia jamás se equivoca. Se dice que, en alguna parte, alguien está entorpeciendo su gestión, por diversión, por maldad o tal vez por puro aburrimiento. Lo llaman el Saboteador, pero nadie sabe en realidad quién es ni dónde se esconde. Se cuenta que los operarios lo han buscado por toda la isla, sin éxito. Pero que tal vez podría dejarse encontrar... si uno cuenta con los contactos adecuados.

Si ese Saboteador existe de verdad, si tiene acceso al sistema operativo, si ha descubierto la forma de engañar a Nia... podría generar un falso pedido para ti. Y te enviaríamos de vuelta a casa.

No sabemos si estaría dispuesto a ayudarte. Pero nos da la sensación de que, si de verdad hay un Saboteador detrás de todos esos fallos del sistema, se trata de alguien que disfruta fastidiando a Nia. Quizá acceda a echarte una mano simplemente porque es algo que va contra las normas. O quizá no. Pero si no lo intentamos, nunca lo sabremos.

Tengo un amigo que ha hecho algunos comentarios extraños sobre el caso del Saboteador. Sospecho que sabe más de lo que dice, así que te pondré en contacto con él; tal vez pueda ayudarte.

Nos daría mucha pena que te marcharas, Nicolás de Empaquetado. Has sido un buen aprendiz a pesar de tus largas vacaciones sin justificar, y no me cabe duda de que serías un magnífico empleado. Pero este no es tu sitio, y nosotros, que te apreciamos, haremos todo lo posible por ayudarte a regresar al lugar donde deberías estar.

Firmado:

Fubustlilglebl Ulimplat de Empaquetado

P. D.: Destruye esta carta en cuanto la hayas leído.

Nico terminó de leer y parpadeó para retener las lágrimas.

—No te hagas ilusiones —le advirtió Belay en voz baja.

Pero el chico sonreía de oreja a oreja.

—Voy a intentarlo —dijo—. Tengo que intentarlo —insistió, al ver que su amigo movía la cabeza con desaprobación.

—Temía que dijeras eso —suspiró finalmente Belay.

Apenas un par de días después, Micaela se llevó a Nico en su turno libre a visitar la sección de Modificaciones.

Nico había oído hablar de ella, aunque no tenía muy claro a qué se dedicaban. Tampoco entendía por qué Micaela mostraba de pronto tanto interés en llevarlo allí. Pero intuía que tenía algo que ver con su plan secreto, así que no hizo preguntas.

Siguió a su compañera hasta la entrada de Modificaciones, donde los esperaba una empleada... que era casi exactamente igual a Micaela. Solamente se diferenciaban en el corte de pelo, porque Micaela lo llevaba bastante más largo que la otra chica.

Nico se quedó desconcertado. Las miraba a ambas alternativamente sin entender qué estaba pasando, hasta que Micaela sonrió y dijo:

—Nico, te presento a mi hermana Graciela de Modificaciones. Ella te explicará lo que hacen aquí.

—Sí, bueno, pero que sea rápido —masculló Graciela—. Tengo cosas que hacer, ¿sabes?

Micaela suspiró.

—La gente de Modificaciones se lo tiene un poco creído —le comentó a Nico en voz baja—. Piensan que su trabajo es más importante que el de los demás.

—Bueno, es evidente que nuestro trabajo no lo puede hacer cualquiera —señaló Graciela—. Por eso todos los aprendices van a Empaquetado —añadió, lanzando una mirada significativa a Nico.

Micaela suspiró de nuevo. Parecía que habían mantenido muchas veces aquella discusión.

—¿Sois… gemelas? —preguntó Nico para cambiar de tema.

—Bueno, es evidente —repitió Graciela.

—No es tan evidente, no te pases de lista —replicó Micaela—. En realidad somos quintillizas idénticas. Tenemos otras tres hermanas: Manuela de Problemas, Isabela de Tecnificación y Estela de Expansión Intermundial.

—Está claro cuál de las cinco es la menos inteligente —señaló Graciela con desdén.

—Déjalo ya, por favor —protestó su hermana con cansancio—. Nico solo quiere visitar tu sección. Sabes que según las normas estamos obligados a atender a los aprendices cuando quieren conocer otros departamentos. Si no, ¿cómo van a decidir dónde solicitar un puesto de trabajo cuando terminen su formación?

—Este niño nunca podrá trabajar en Modificaciones —objetó Graciela—. He oído hablar de él. Viene de fuera, su educación y sus conocimientos están muy por debajo de los de cualquier omniense de su edad.

—Pero, si sois quintillizas —intervino de nuevo Nico, aún desconcertado—, ¿cómo es que estáis en departamentos diferentes?

De hecho, ni siquiera recordaba haberlas visto juntas en los turnos libres. Estaba seguro de que le habrían llamado la atención.

Graciela resopló con impaciencia.

—Explícaselo tú. Pero abrevia, que no tenemos todo el día.

—Nosotras —empezó contando Micaela— somos fruto de un proyecto que empezó a desarrollarse antes de que naciéramos. El señor Baratiak tenía la teoría de que los equipos de trabajo funcionarían mejor si estaban integrados por empleados muy parecidos entre ellos. Nuestros padres se ofrecieron a participar en el experimento; querían tener hijos pero no lo conseguían, y las condiciones les parecieron aceptables. Nueve meses después nacimos nosotras.

»Crecimos juntas y nos educaron para incorporarnos al departamento de Problemas al cumplir los catorce años. Pero el experimento fue un desastre. Éramos idénticas por fuera, nuestros genes también lo eran... pero teníamos caracteres muy diferentes. Nos peleábamos tanto que nuestro equipo era el peor de todo Omnia, con diferencia. Así que el Supervisor decidió separarnos. Solo Manuela se quedó en Problemas. Las demás fuimos destinadas a otros departamentos que se ajustaban más a nuestros intereses.

—Y capacidades —añadió Graciela con evidente mala uva.

Micaela no se lo tuvo en cuenta.

—Como el experimento no funcionó, el señor Baratiak centró sus investigaciones en la robótica —explicó—. En lo que respecta a mano de obra, es el campo que le ha dado mejores resultados.

Dio a Nico una palmadita en la espalda y concluyó:

—Bueno, te dejo con ella. Seguro que aprendes muchas cosas.

Nico iba a responder, pero entonces sintió que la mano de su compañera serpenteaba hasta su bolsillo para guardar algo dentro cuando Graciela no miraba. Intentó disimular su sorpresa mientras Micaela se separaba de él y llamaba de nuevo la atención de su hermana.

—Y tú no te olvides de presentarle a Spik —le dijo—. Fubu le ha dado un mensaje para él. Además, seguro que a Nico le gustará conocerlo —añadió mirándolo significativamente.

El niño hundió las manos en los bolsillos y descubrió un papel doblado que antes no se encontraba allí. Y comprendió.

—No veo por qué —estaba mascullando Graciela—. Es el empleado más caótico de todo el departamento.

—Pues por eso —sonrió Micaela.

22

Modificaciones

Al principio, Nico no entendía nada de lo que veía. El departamento de Modificaciones estaba amueblado con cientos y cientos de mesas de trabajo ordenadas en varias filas perfectamente alineadas. Del techo pendían también centenares de lámparas con forma de estrella que iluminaban cada una de las mesas con extraordinaria claridad. Los pasillos que discurrían entre las mesas, por el contrario, estaban sumidos en la penumbra. Por ellos deambulaban algunos empleados y operarios en el más absoluto silencio, para no romper la concentración de los trabajadores. Aquel ambiente le recordó a Nico el de una enorme biblioteca, aunque los empleados de las mesas no estaban leyendo. Todos ellos llevaban la cabeza cubierta con un extraño casco repleto de luces de colores intermitentes, y sostenían en la mano un curioso artefacto parecido a un lápiz cuya punta parpadeaba con un suave resplandor azulado. Con él repasaban los artículos en los que estaban trabajando, aunque Nico no llegaba a comprender qué hacían exactamente.

—Mira con atención —lo invitó Graciela en voz baja.

Se habían detenido junto a un empleado que no era humano. Su cuerpo, alto y esbelto, estaba cubierto por un suave vello de color naranja salpicado de manchas blancas. Su nariz respingona parecía más bien un morro, y las largas orejas que le colgaban a ambos lados del rostro, por debajo del casco luminiscente, le daban un cierto aire perruno. Pero su mirada era aguda e intensa, y no se apartaba del objeto que tenía ante él. Su mano izquierda esgrimía su instrumento con firmeza, delicadeza y precisión.

—Los kelaki son mejores que los humanos utilizando esta tecnología —comentó Graciela como si tal cosa—. Después de todo, la inventaron ellos.

Nico abrió mucho los ojos y se fijó mejor en lo que estaba haciendo el empleado de las orejas caídas. Sobre la mesa había un pequeño joyero de madera con dos cajones, y él repasaba sus cantos con la punta de aquel lápiz que no lo era. Con asombro, Nico descubrió que el joyero se estaba estirando bajo la luz del extraño instrumento, como si fuese creciendo lentamente. Mientras Nico miraba, la cajita desarrolló un tercer compartimento, exactamente igual a los otros dos. El empleado siguió puliéndola con el lápiz luminoso, prestando atención al más mínimo detalle, y cuando terminó, el pequeño joyero era un poco más alto que antes y disponía de un cajón extra.

—Esto es lo que hacemos en Modificaciones —dijo Graciela con orgullo—. A veces los clientes ven un artículo en la web que no es exactamente lo que buscan, pero se le acerca mucho. Entonces nos escriben preguntando si no tenemos algo similar. Este encargo, por ejemplo —dijo señalando el joyero—, probablemente es para alguien que se puso en contacto con nosotros y dijo algo así como: «Me gusta este joyero, pero lo veo un poco pequeño. ¿No tendrían un modelo con tres cajones?».Y ya sabes qué respuesta reciben siempre los clientes, ¿verdad?

Nico la miró, un poco confundido. Pero antes de que pudiera responder, Graciela explicó con cierta impaciencia:

—La respuesta siempre es: «Sí, por supuesto que lo tenemos». Porque en Omnia siempre lo tenemos todo.

—«Todo lo que puedas soñar» —murmuró Nico.

—Exacto.Y si no existe un modelo como el que buscan —concluyó Graciela, señalando a su alrededor con un amplio gesto de su mano—, nosotros lo creamos.

Siguieron paseando por el departamento. Nico descubrió que había muchísimos empleados de aquella especie de orejas caídas, aunque el color del pelaje variaba en cada caso. Graciela le explicó que los kelaki venían de un lejano planeta con el que habían contactado a través de los Túneles, y que destacaban por su gran capacidad de concentración.

—El casco que usamos en Modificaciones —le contó— recoge las ideas que tenemos en la mente y las transmite al bastón, que transforma el objeto sobre el que se aplica en función de lo que estemos imaginando. Cualquier distracción puede echar a perder nuestro trabajo y estropear el artículo sin remedio. A los kelaki se les da muy bien modificar artículos porque llevan siglos haciéndolo. Es imposible estar a su altura, pero a pesar de eso algunos humanos hemos conseguido un puesto de trabajo en este departamento, y es algo de lo que estamos muy orgullosos.

—Sí, se nota —murmuró Nico.

Con todo, estaba muy impresionado. Siguió a Graciela por el departamento, escuchando a medias sus explicaciones, mientras contemplaba fascinado cómo trabajaban los empleados. La mayoría, como su guía le había explicado, eran kelaki. Pero había también humanos y de otras especies, y por alguna razón a Nico no le sorprendió descubrir allí a una criatura de la raza de Fubu, que, ataviado con el casco luminoso de rigor, modificaba una muñeca para que tuviese la piel más oscura, la cara más llena y el pelo más corto.

Casi todos los empleados estaban sentados ante sus correspondientes escritorios. Pero había un sector de la sala sin mesas, que habían reservado para objetos más grandes, y allí Nico vio cómo el personal de Modificaciones trabajaba en equipos para estrechar un armario, cambiar el estampado de la tapicería de un sofá o añadir un tercer par de ruedas a un coche deportivo.

Finalmente, Graciela se detuvo junto a un kelaki que parecía un poco más desganado que los demás. Su pelaje, de color azul claro, se mostraba revuelto y despeinado y su uniforme de trabajo tenía un par de botones desabrochados.

—Este es Spik —susurró Graciela de pronto, sobresaltando a Nico—. No lo interrumpas mientras trabaja. Si tienes algo que decirle, espera a que se quite el casco. Yo estaré por aquí cerca, pero mi turno de descanso termina en veinte minutos; si no has acabado para entonces, serán los operarios quienes te acompañen a la salida.

Cuando su guía se marchó, Nico se quedó de pie junto a Spik, observando en silencio cómo alargaba el cuello de un jarrón de porcelana bellamente decorado. El niño comprendió que se necesitaba mucha concentración para evitar que el diseño de su delicada pintura se viese alterado por la modificación. Contempló, admirado, cómo los trazos florales se estiraban de forma perfectamente proporcional por la nueva superficie del jarrón, y se le ocurrió que hacía falta mucha imaginación también para poder desarrollar algo así. Porque no se trataba solo de estirar el jarrón, sino también de visualizar cómo sería aquel objeto si lo hubiesen hecho así desde el principio.

Por fin Spik depositó su obra sobre la mesa, se quitó el casco y se volvió para mirar a Nico con unos ojos enormes, redondos y cristalinos como los de un lémur.

—¿Querías algo? —le preguntó con un curioso acento cantarín.

El niño volvió a la realidad.

—¿Qué...? Oh, sí, yo... me llamo Nico —se presentó—. Aprendiz Nicolás de Empaquetado.

—Yo soy Spik de Modificaciones —respondió el kelaki—. Encantado de conocerte.

A Nico no se le ocurrió nada más que decir. Había deducido que se trataba del amigo de Fubu al que este hacía referencia en su carta, pero no estaba seguro. Ardía en deseos de preguntarle si podía ayudarlo a contactar con el misterioso Saboteador de Omnia, pero allí, como en todas partes, había operarios rondando por los pasillos, y Nia podría oír su conversación a través de ellos.

—M-me parece muy interesante lo que hacéis aquí —se le ocurrió de pronto—. ¿Es muy difícil?

—Bueno, para nosotros los kelaki es relativamente sencillo porque estamos acostumbrados a utilizar esta técnica —respondió Spik—. A otras personas les cuesta más.

Mientras hablaba, a Nico se le ocurrió una idea.

—Estoy buscando un peluche igual a uno que perdió mi hermana, pero en el almacén no lo encuentran —le explicó.

Los ojos de Spik brillaron de una forma curiosa, y su boca se torció levemente en una breve sonrisa. Nico, preguntándose por qué le parecería divertido que los operarios perdieran cosas en el almacén, prosiguió:

—Quizá podríais modificar algún conejito de peluche para que sea como el que busco.

Spik se echó hacia atrás en su asiento.

—Bueno, sí, podríamos. Pero para eso tendrías que hacer un pedido a través de la web. No puedes presentarte aquí y pedir que modifiquemos cosas sin ton ni son.

—¿Por qué no?

—Pues porque si todo el mundo hiciese lo mismo que tú sin seguir las indicaciones ni esperar su turno, los pedidos regulares se retrasarían, el departamento sería un caos y perderíamos la concentración que necesitamos para trabajar.

—¿Y no podrías hacer... una excepción? —suplicó Nico.

—Todo el mundo es excepcional —respondió Spik guiñándole un ojo—. Y por eso todo el mundo debe guardar su turno. Además —añadió, antes de que Nico pudiese protestar—, si haces el pedido a través de la web puedes incluir fotografías, diagramas o dibujos de cómo quieres que sea lo que necesitas. Cuanto más precisas sean las indicaciones, más facilitas el trabajo en Modificaciones.

—¡Ah, pero yo tengo una imagen! —recordó Nico de pronto.

Muy nervioso, hurgó en su mochila en busca del cartel con la foto de Trébol... pero no lo encontró. Ante la curiosa mirada de Spik, vació la mochila un par de veces y volvió a llenarla... sin resultado. Y entonces a su mente acudió el recuerdo del cartel en el escáner de la Oficina de Atención al Cliente. Greta lo había puesto allí para digitalizar la foto y no se lo había devuelto.

—No..., no tengo ninguna imagen —admitió muy decaído.

—Haz un pedido a través de la web —le aconsejó Spik—. Elige un peluche que se le parezca y, en el apartado de los comentarios, di que quieres uno similar al de la foto. Y adjuntas todas las imágenes que puedas.

—¿Y me lo enviarán?

—Si lo encuentran en el almacén, te lo enviarán; si no, te lo fabricaremos en Modificaciones. Si nos envías instrucciones muy precisas, claro.

Nico sonrió, agradecido. Entonces recordó que no podía hacer ningún pedido a Omnia porque, como simple aprendiz, aún no tenía cuenta de cliente, como el resto de los empleados. Pero cuando volviera a casa...

—¿Querías algo más? —le preguntó Spik amablemente.

Nico se acordó entonces del papel que le había dado Micaela.

—Yo..., esto..., tengo un mensaje de Fubu. Estoy en su equipo, ¿sabes? En Empaquetado.

Le tendió el papel, con el corazón latiéndole con fuerza. Spik lo desplegó y Nico des-

cubrió que estaba repleto de símbolos extraños salpicados de puntitos, triángulos y espirales. Pero para Spik debían de tener algún sentido, porque lo leyó atentamente y asintió.

—Oh, es muy amable por su parte invitarnos a su fiesta de aniversario —comentó—. Lo hablaré con mi compañero porque no sé si tiene turno libre a esa hora. Dile de mi parte que le responderé en breve.

Nico parpadeó, desconcertado. Pero entonces vio los intensos ojos de Spik clavados en él y comprendió que le estaba hablando en clave. Sonrió y asintió.

—Se lo diré sin falta —prometió—. Muchas gracias.

23

Invitación

Aún tardaron cinco días más en tener noticias de Spik. Y, para sorpresa de los conspiradores, la respuesta les llegó a través de un operario, que entregó a Fubu una nota doblada mientras estaban disfrutando de la pausa para comer.

Fubu recibía cartas como aquella a menudo porque escribía muchas, ya que era su forma habitual de comunicarse con los amigos de su misma especie que tenía repartidos por otros departamentos. También podían enviarse mensajes electrónicos a través de la red interna de la compañía, pero no lo hacían a menudo porque, aunque Nia había incluido los sistemas de escritura de otros mundos entre las opciones lingüísticas del correo del servidor, aquellas configuraciones eran muy básicas aún y los empleados alienígenas preferían utilizar notas manuscritas para expresar ideas más complejas.

Fubu leyó el mensaje que le acababan de entregar y escribió a su vez una nota que pasó a Micaela.

—Vaya, así que finalmente Spik y Kut podrán asistir a tu fiesta —comentó ella después de leer el mensaje de su compañero—. Eso es estupendo, Fubu.

—¿Spik? —repitió Nico enderezándose—. ¿Es un mensaje de Spik?

—Sííí —respondió Micaela lentamente, lanzándole una mirada de advertencia—. Fubu le envió el otro día una invitación para su aniversario y Spik la ha aceptado.

Nico captó la indirecta y no dijo nada más. Todavía no tenía claro si todo aquel asunto de la fiesta iba en serio o era solo una tapadera; pero deseaba de verdad que en aquel intercambio de notas hubiese alguna pista o mensaje en clave que lo ayudase a contactar con el Saboteador.

—¿Otra vez la fiesta de aniversario? —se quejó entonces Marlene—. El año pasado fue igual —le contó a Nico—: invitó a doscientas diecisiete personas de todos los departamentos y empezó a organizarla con cuatro coma tres meses de antelación. Fue un no parar de notitas arriba y abajo, ¿y todo para qué? Para celebrar que hace cinco años que llegó a Omnia.

Fubu alzó seis dedos para corregir el dato.

—Tanto dan cinco que seis —gruñó Marlene.

—Pues a mí no me parece mal que celebre su llegada a Omnia —replicó Danil, muy digno—. Él se siente orgulloso de ser omniense, como debe ser. A diferencia de otras —añadió con intención.

—Olvídame —refunfuñó Marlene.

—Vamos, solo estás molesta porque el año pasado no te invitó —señaló Belay alegremente—. Pero reconoce que acababas de llegar desde Contabilidad y todavía no le dirigías la palabra siquiera.

—¿Para qué hablar a alguien que no puede contestarte?

—Eso ha sido muy grosero por tu parte, Marlene —protestó Micaela.

—Bah, olvídame.

La conversación se había desviado hacia un tema que a Nico no le interesaba especialmente, de modo que se centró de nuevo en su almuerzo. Justo entonces Fubu le pasó una nota:

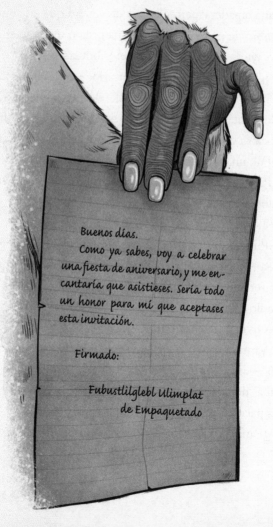

Buenos días.

Como ya sabes, voy a celebrar una fiesta de aniversario, y me encantaría que asistieses. Sería todo un honor para mí que aceptases esta invitación.

Firmado:

Fubustlilglebl Ulimplat de Empaquetado

Nico se quedó sorprendido ante la brevedad del mensaje, poco habitual en Fubu. Al alzar la cabeza descubrió que todos, incluso Marlene, habían recibido una invitación similar.

—Mira qué bien, Marlene, este año no te perderás la fiesta —comentó Belay.

—Bah —fue la respuesta.

Nico se volvió hacia Fubu para decirle que aceptaba la invitación, pero Danil se le adelantó.

—Puedes contar conmigo, Fubu —estaba diciendo—. Ojalá toda la gente que viene de fuera se adaptara tan extraordinariamente bien como tú —dejó caer—. Lamentablemente, la mayoría son unos quejicas desagradecidos.

Nico se dio por aludido.

—¿Lo dices por mí? —replicó, molesto—. Yo no quiero adaptarme, ¡lo que quiero es volver a mi casa! Tengo familia ahí fuera, ¿sabes?

Danil se lo quedó mirando fijamente.

—Yo también —respondió con una voz cargada de veneno—. ¿Y qué?

Nico se quedó paralizado, sin saber qué responder. Le costaba asimilar tanto el tono como el significado de las palabras de su compañero.

En ese momento, la sirena señaló el final de la pausa del almuerzo; Danil se levantó y se dirigió de nuevo hacia su puesto de trabajo, dando la espalda a Nico.

—No se lo tengas en cuenta —susurró Belay.

—¿Por qué es así? —preguntó Nico, desconcertado; no

comprendía qué había hecho para merecer el odio gratuito de Danil.

—No tiene que ver contigo, no te preocupes —respondió él.

Se levantaron con sus compañeros para reincorporarse al trabajo.

—Yo también iré a tu fiesta —le dijo Nico a Fubu, tratando de olvidar el incidente con Danil—. Gracias por invitarme.

Fubu señaló el papel que le había entregado y le indicó con un gesto que lo examinara con atención. Nico dio la vuelta a la invitación y leyó:

9F4722

Alzó la mirada hacia Fubu, pero él se llevó un dedo a los labios indicando silencio. Nico volvió a concentrarse en la nota. Parecía un código de producto, aunque le faltaban dígitos. Desde luego, se trataba de un juguete; Nico conocía mejor que nadie lo que se guardaba en el sector 9F.

Y fue entonces cuando lo comprendió: no se trataba de un código de producto, sino de una dirección: sector 9F, estantería 47, módulo 22.

Alguien, tal vez el Saboteador con el que quería contactar, lo estaba citando en el almacén. Y no en cualquier rincón del almacén, sino en el lugar exacto en el que el propio Nico se había ocultado durante su largo exilio.

El módulo 22 de la estantería 47 era el de las muñecas peponas.

Nico reprimió una exclamación de asombro. No le había hablado a nadie de su refugio del almacén, pero tampoco creía que pudiera tratarse de una coincidencia. Se le ocurrió que quizá fuese una trampa. Tal vez Nia los había descubierto y aquello era una advertencia de que no siguiera adelante, para demostrarle que ella y sus robots controlaban todos sus movimientos. Pero descartó la idea enseguida. Nia era directa y eficiente, no se andaría con tantos rodeos.

Esa misma tarde, durante el turno libre, comentó el tema con Belay. Se sentaron los dos ante la mesita de su sala de estar y comenzaron a intercambiar notas frenéticamente.

Parece que había un mensaje secreto en la carta que Spik le ha enviado a Fubu.

¡¡¡¡Sí ¡Será de parte de quien tú ya sabes???!

Supongo que sí, porque no va a andarse con tanto secretismo solo para celebrar una fiesta.
En la invitación que me ha pasado Fubu había unos números que parecen un código de producto incompleto. En realidad es una dirección del almacén. Y yo sé llegar hasta allí. No puede ser una casualidad, ¿no crees?

No lo entiendo.

Spik quiere que vaya allí. Quizá para encontrarme con él.

¿Y cómo puedes estar seguro? A lo mejor sí que es un código de producto incompleto. Algo que Fubu anotó en el papel y después olvidó que estaba ahí.

Es mucha casualidad. Es justo el rincón del almacén donde yo me escondía cuando me escapé. Fubu no puede saberlo, y Spik todavía menos.

Ufff... Esto me da muy mala espina.

¿Qué quieres decir?

No puedes volver ahí, Nico. ¿Me has entendido? Si quieren citarse contigo, que sea en otra parte.

—Hummm...—musitó Nico, no muy convencido.
Belay seguía escribiendo:

Te van a pillar los robots en cuanto pongas un pie ahí dentro. Y entonces sí que te echarán de Omnia. Y no precisamente por los Tubos.
Esto ha sido una mala idea. Déjalo correr. Ya encontraremos otra forma, ¿vale?

Belay lo miraba fijamente, esperando que le prometiese que no acudiría a la cita, y Nico, incómodo, decidió cambiar de tema:

—Oye, ¿qué le pasa a Danil conmigo? —planteó—. ¿Me tiene manía porque soy de fuera?

—No le cae bien la gente de fuera en general —respondió Belay, y añadió por escrito:

Aunque en tu caso es, sobre todo, porque te quieres marchar de aquí.

—No lo entiendo —dijo Nico con prudencia—. ¿Qué le importa a él de dónde venga la gente de Omnia? ¿O adónde quiera ir?

Belay suspiró.

—Yo aún no había nacido cuando Omnia quedó aislada del exterior —le contó—, pero Danil sí. Es omniense de primera generación. Sus padres llevaban ya muchos años viviendo y trabajando aquí cuando el señor Baratiak anunció que cerrarían las fronteras.

Los padres de Danil, le explicó Belay, decidieron que no querían quedarse a vivir en la isla para siempre. Lo pensaron mucho y por fin se prepararon para partir en el último barco.

—El mismo en el que llegó mi madre —señaló Belay—. Quizá hasta se cruzó con ellos en el muelle.

Danil, sin embargo, no aceptó la decisión de sus padres. Tenía entonces ocho años y no quería marcharse del lugar al que consideraba su hogar. Poco antes de partir tuvo una discusión muy seria con sus padres y, en la confusión del muelle, se escapó y se escondió para que no lo encontraran.

—Probablemente pensaba que sus padres darían media vuelta para buscarlo y perderían el último ferry —siguió contando Belay—. Pero el caso es que se subieron al barco, abandonaron Omnia y lo dejaron atrás.

Nico abrió mucho los ojos, sin poder creerlo.

—¿Abandonaron a su propio hijo? —preguntó, sin estar seguro de haberlo entendido bien.

—Bueno, a mí me han contado la historia, como ya supones, y no puedo saber qué pasó exactamente. Según Danil, sus padres fueron unos traidores a Omnia. No le gusta hablar de ellos, y cuando lo hace, no dice cosas bonitas, precisamente.

»Sin embargo hay gente en Omnia que los conocía, y dicen que querían mucho a su hijo y que jamás lo habrían dejado atrás a propósito. Yo creo que pensaron que ya había subido al barco. Y cuando se dieron cuenta de que no estaba a bordo... ya no pudieron volver a buscarlo.

Nico se estremecía sin poder evitarlo al pensar en Danil, con ocho años, descubriendo que su familia ya no estaba. Lo imaginaba en el muelle, viendo cómo se alejaba aquel último ferry... sin él.

—Danil hizo una elección —concluyó Belay—. Fue muy duro para él, y quizá en aquel momento fue la opción equivocada, pero sigue defendiéndola con uñas y dientes, como ves... Él quiso quedarse en Omnia y no soporta que la gente prefiera marcharse... dejándonos a todos atrás.

De pronto, Nico se sintió muy culpable.

—Pero es que yo...—trató de justificarse.

—No, no digas nada más —le advirtió Belay echando un vistazo inquieto a su alrededor.

Nico tragó saliva, recordando la facilidad con que las paredes se transformaban en aquellas pantallas desde las que el perfecto e inmutable rostro de Nia se dirigía a los empleados.

—Bueno, el caso es que hay gente que viene de fuera y le cuesta más adaptarse —concluyó Belay con cautela—, al principio muchos quieren marcharse. La mayoría acaban por sentirse a gusto aquí, aunque hay algunos, muy pocos, que no lo consiguen nunca. Como mi padre, por ejemplo.

Nico asintió lentamente. Había captado el mensaje.

Belay añadió por escrito:

Pero tú no hagas locuras, ¿de acuerdo? Buscaremos otra manera de enviarte a casa. No hace falta que vuelvas a entrar en el almacén.

Nico asintió de nuevo. Pero miraba de reojo el cajón donde había escondido la «piel de camaleón» que todavía conservaba.

24

Guarida secreta

Aquella noche, después de asegurarse de que Belay ya dormía, Nico se levantó de la cama en silencio, se vistió y se puso su «piel de camaleón» encima de la ropa. Se miró en el espejo del cuarto de baño para comprobar que la prenda funcionaba bien todavía y sonrió al ver que su cuerpo se mimetizaba con la pared del fondo. Se caló la capucha para que su cabeza no quedara «flotando» sola en el aire y salió de la habitación sin hacer ruido.

El pasillo estaba desierto, pero Nico sabía que en el corredor principal siempre había movimiento. Era cierto que solía haber más tránsito durante el día, y especialmente en los cambios de turno. Pero todos los empleados debían trabajar en horario de noche de forma periódica y, por otro lado, los robots no descansaban jamás.

Nico miró el reloj y comprobó que faltaba media hora para el siguiente cambio de turno. Tenía tiempo suficiente para llegar hasta el almacén si no se entretenía por el camino.

Se deslizó por los corredores, bien pegado a la pared y sin apresurarse demasiado, para que el efecto mimético de su traje funcionase mejor. En el pasillo principal se cruzó con un par de empleados soñolientos y con varios robots, pero ninguno de ellos se percató de su presencia. Siguió las indicaciones en busca del acceso al sector 9F del almacén, pero cuando por fin se detuvo ante las puertas de entrada dudó un momento. ¿De verdad quería volver a entrar allí dentro?

Respiró hondo un par de veces. Solo sería entrar y salir, se dijo. No podría perderse porque no estaría solo. Alguien lo había citado en la sección de Juguetes, alguien que quizá podría ayudarlo a volver a casa. Si estaba en su mano sacarlo de la isla, sin duda podría guiarlo también hasta la salida del almacén.

No se lo pensó más: se aseguró de que llevaba bien ajustado su traje mimético y, tras un último instante de vacilación, entró.

Volvió a sentirse abrumado ante la inmensidad del almacén, de las interminables hileras de estanterías que se multiplicaban hasta el infinito. Pero había entrado por el sector 9F y no podía estar lejos de su objetivo.

Había olvidado lo enormes que eran las distancias allí dentro.

Le costó un poco recordar cómo orientarse en aquel laberinto de anaqueles. Pero tenía una dirección precisa, y las estanterías seguían un claro orden numérico, de modo que no tardó en ponerse en marcha. Sabía que, si prestaba atención a las indicaciones, no se perdería; pero aquel lugar era tan grande que, incluso si no se desviaba, quizá tardaría toda la noche en llegar a su destino: el módulo 22 de la estantería 47.

Una hora después hizo su primera pausa. Estaba ya cansado, y había cometido el mismo error que la primera vez: no llevar ni una sola botella de agua para el trayecto. Aún seguía a la altura de la estantería 13, y calculó que, si continuaba caminando a aquel ritmo, todavía le faltaban casi tres horas para llegar.

Suspiró profundamente y reanudó la marcha.

Al final fueron tres horas y media largas. Pero por fin se detuvo ante el módulo 22 y contempló las largas hileras de muñecas peponas que parecían reírse de él desde sus baldas.

—No sé qué os hace tanta gracia —murmuró él, molesto—. No parece que haya mucha gente que quiera compraros.

Se asustó al oír el sonido de su propia voz y miró a su alrededor, nervioso. Pero no había nadie.

Por el camino se había cruzado con algunos operarios, pero no le había costado nada esquivarlos, como si el tiempo que había pasado fuera del almacén no hubiese sido más que un extraño sueño. Sin apenas darse cuenta volvía a moverse de forma furtiva, buscando las sombras y controlando la numeración de las estanterías con el rabillo del ojo para no perderse. Pensó entonces que podría ocultarse de nuevo en el almacén y vivir allí durante mucho más tiempo sin que nadie lo advirtiera. Y esa idea lo tranquilizó y lo inquietó al mismo tiempo.

Decidió no darle más vueltas al asunto. Examinó aquel rincón y de nuevo le llamó la atención el respiradero que conducía a su refugio secreto. Retiró la reja con cuidado y se asomó.

Por alguna razón, no le sorprendió encontrar dentro

una bolsa con una botella de agua y un sándwich de atún que parecía recién salido de la sección de comidas precocinadas. Sonrió para sí mismo, emocionado. ¡No había sido un sueño! Aquellas provisiones eran reales, y eso significaba que sus recuerdos eran certeros: alguien lo había ayudado a sobrevivir en el almacén.

Gateó, pues, hasta el interior del conducto, se acomodó en su rincón y se quitó la capucha de su traje mimético para dar buena cuenta de las provisiones. Cuando terminó, miró a su alrededor con interés.

Su escondite no había cambiado desde la última vez que lo había visitado. Todo seguía igual, aunque le pareció mucho más pequeño, oscuro y triste de lo que recordaba. Sonrió al redescubrir algunos de los tesoros que había acumulado allí. Sin embargo, cuando su mirada se detuvo sobre la media docena de conejitos de peluche que se había agenciado porque eran lo más parecido a Trébol que había encontrado por allí, se le borró la sonrisa de la cara. Se preguntó si alguna vez volvería a ver a su hermana Claudia, a sus padres, a sus amigos..., y de pronto los maravillosos objetos que había descubierto en el almacén de Omnia ya no le parecieron tan maravillosos.

Se sentó de nuevo en su rincón, con la espalda apoyada en la pared, desanimado. Y fue entonces cuando vio una luz titilante que parecía hacerle señales desde el fondo del túnel.

Sorprendido, se incorporó y la siguió gateando, hasta que el túnel desembocó en una habitación más amplia.

Sin atreverse a salir del conducto, Nico examinó el lugar con curiosidad. Probablemente en sus orígenes había sido un antiguo despacho, pero su nuevo dueño, fuera quien fuese, lo había transformado en una guarida de lo más peculiar. Sobre una mesa que ocupaba toda la pared del fondo había varios ordenadores que parecían montados a base de componentes de distintos equipos. Los restos de aquel proceso de reensamblaje yacían desperdigados por doquier, como soldados caídos tras una cruenta batalla. En un rincón oscuro había un colchón hinchable cubierto de mantas, y a mano derecha se abría una puerta que parecía conducir a un pequeño aseo. El resto de las paredes, que parecían extraña y desagradablemente mohosas, estaban forradas con módulos de estanterías escamoteados del almacén principal y abarrotados con todo tipo de utensilios extraños, piezas mecánicas y cachivaches diversos. Todo lo que no cabía en las estanterías había acabado tirado por los rincones. Había también pequeñas montañas de libros en precario equilibrio, y Nico descubrió, fascinado, los restos de varios robots que habían sido desmontados allí mismo. Uno estaba prácticamente intacto, salvo por los cables y circuitos que salían de su cabeza disparados en todas direcciones como los cabellos de una gorgona.

Sin embargo, lo que daba a la estancia aquel aire de madriguera era el hecho de que no tenía luz natural. Por todas partes había pequeñas lámparas y bombillas de todos los colores y tamaños que colgaban del techo y tachonaban las paredes. Pero no se veía una sola ventana. Ni siquiera había puerta. La única salida parecía ser el conducto por el que había llegado Nico.

Se asomó un poco más con precaución en busca de señales de vida. Y justo entonces uno de los robots volvió la cabeza hacia él y sus ojos se iluminaron de pronto.

Nico lanzó una exclamación de sorpresa y retrocedió, con el corazón latiéndole con fuerza. Se trataba del robot de la cabeza abierta. No estaba tan desactivado como parecía.

Antes de que pudiera asimilar lo que sucedía, una segunda cabeza emergió de detrás del robot. Era una cabeza muy peluda, con unos ojos redondos y amarillos, enormes y brillantes como espejos.

—¡Hola! —saludó—. Has tardado en llegar, ¿eh, amigo? Llevo toda la noche esperándote.

Nico gritó por segunda vez y se cayó de espaldas de la impresión. Pero entonces el desconocido salió de detrás del robot y el chico vio que se trataba de un humano alto y delgado y especialmente desaliñado. Tenía unos treinta años, la piel muy pálida y el pelo castaño demasiado largo y cortado a trasquilones, como si se hubiese acicalado a sí mismo sin espejo y con unas tijeras de podar. También lucía una barba de varios días y llevaba puestas unas enormes gafas cuyos cristales emitían una extraña luz amarillenta, como los faros de un coche. Las prendas que vestía también transmitían aquella sensación caótica. No hacían juego unas con otras en cuanto a estilo y color, y ni siquiera parecían ser de la misma talla, porque unas parecían venirle grandes y otras, pequeñas. Llevaba varias capas de ropa, unas encima de otras, de invierno, de verano y entretiempo, e incluso alguna prenda que no parecía diseñada para humanos. Todo ello le daba un cierto aire estrambótico.

Por fin, Nico se atrevió a preguntar:

—¿Tú eres el Saboteador?

El hombre pareció considerar la respuesta. Se quitó las gafas y Nico descubrió que tenía unos ojos asombrosamente verdes.

—Saboteador —repitió, paladeando la palabra—. Oh, me gusta. Me han llamado de muchas maneras: la Sombra, el Fantasma o el Espíritu del Almacén. También a veces el Terror de los Operarios —añadió, con una carcajada un tanto desquiciada—. Pero Saboteador... no. Nunca.

—Pero ¿eres tú? —se impacientó Nico—. ¿Eres el que me ha enviado un mensaje secreto por medio de Spik?

—Sí, ese soy yo. Supongo. El Saboteador. Y tú, ¿quién eres?

—Soy el aprendiz Nicolás de Empaquetado —le recordó Nico—. El amigo de Fubu. Que es también amigo de Spik.

—Oh... Ah, claro. Y bien, ¿en qué puedo ayudarte?

Nico empezaba a enfadarse.

—Me has citado aquí y acabas de decirme que me estabas esperando —le recordó.

—Oh, sí, es cierto. Hummm... Bueno, ¿me disculpas un momento? Estoy contigo en un segundo —le prometió, y volvió a calarse las gafas amarillas.

Volvió a desaparecer tras el robot y Nico salió del conducto y estiró la cabeza para ver qué hacía. Descubrió que estaba hurgando en sus circuitos con un extraño artilugio formado por varias llaves y pinzas que se movían solas y sin ruido en un frenético baile de herramientas.

Nico avanzó hasta situarse en silencio junto a él. Lo observó recolocar cables y toquetear circuitos hasta que finalmente dejó la herramienta a un lado con un suspiro, cerró la tapa de la cabeza del robot y se estiró con satisfacción, cruzando los dedos y haciendo crujir los nudillos.

—Bueeeeeeno, pues ya está. Andando, amigo —le dijo al robot—. Listo para rodar.

La cabeza del operario giró un par de veces sobre su eje antes de que su tronco se enderezara sobre sus ruedas. Y entonces Nico descubrió que llevaba una antena retorcida, sospechosamente parecida a los restos de una percha para la ropa, pegada a la sien derecha con un esparadrapo.

—¡Eras tú! —exclamó de pronto—. ¡Tú eras el robot que me dejaba provisiones cuando me escondí en el almacén!

—Eh, eh —protestó el Saboteador—. No le pongas medallas que no le corresponden. Fui yo quien cuidó de ti. Aquí el amigo —añadió, dando unos golpecitos sobre la cabeza del robot— solo hace lo que yo le mando. Si no hubiese sido por mí, te habrías muerto de hambre y sed en la sección de Juguetes.

Nico no supo qué decir.

—Bueno, pues... gracias —farfulló por fin—. Por los sándwiches y las botellas.

—Y por haberte guiado hasta un escondite estupendo para que los esbirros de Nia no te encontraran —añadió el hombre, alzando una ceja—. Y por esto —concluyó, señalando la «piel de camaleón» de Nico—. ¿O crees que lo habrías encontrado si mi robot no te hubiese llevado al sitio exacto donde se guardan?

Nico abrió la boca para replicar; pero entonces se detuvo y trató de evocar los detalles de su aventura en el almacén. Se recordó a sí mismo persiguiendo al robot de la percha en la cabeza en una loca carrera por entre las estanterías.

Miró al Saboteador con mayor respeto.

—Así que tú... me has estado ayudando todo el tiempo.

—Casi todo el tiempo —corrigió él, ajustándose las gafas sobre la frente—. Hay que reconocer que no te las has arreglado mal. Aunque cuando vi que pasabas tantas horas revolviendo entre los peluches llegué a pensar que habías perdido la chaveta del todo.

Nico enrojeció.

—Pero..., si me estabas vigilando..., ¿por qué no me dijiste que estabas aquí?

—¡¿Qué dices?! —exclamó el Saboteador, escandalizado—. ¿Y arriesgarme a que Nia me encontrara? No, amigo, ni hablar; no me he mantenido tanto tiempo lejos de los tentáculos de esa psicópata para cometer el error de ponerme a tiro otra vez. Es aquí donde debo estar —aseguró con énfasis—, dirigiendo desde mi cuartel general la guerra contra Nia y sus malvados operarios.

Saltó sobre la silla giratoria que había ante la mesa y comenzó a dar vueltas, entusiasmado.

Nico empezaba a pensar que el Saboteador estaba un
poco chiflado.

25

El poder en la sombra

—Esto es... ¿tu cuartel general? Parece un poco pequeño —insinuó el niño.

El hombre rió. No parecía ofendido. Detuvo la silla y le explicó con calma:

—Mi influencia llega mucho más lejos de lo que parece, joven amigo. Desde aquí puedo hacer muchas cosas... Y no estoy solo, aunque lo parezca.

—Spik se puso en contacto contigo —recordó Nico de pronto—. ¿Sois amigos?

El Saboteador se acomodó sobre la silla y le dedicó una sonrisa sorprendentemente serena.

—Spik fue uno de los primeros kelaki en llegar a Omnia —explicó, indicando a Nico con un gesto que se sentara sobre el colchón hinchable—. Los pusieron a trabajar enseguida en Modificaciones, pero Nia aún tardó unos días en traducir las normas a su idioma. Así que había algunas cosas que los kelaki no sabían. Spik, por ejemplo, ignoraba que los empleados tenían prohibido entrar en el almacén.

»El artículo en el que estaba trabajando se estropeó, y como aún no podía comunicarse con nadie para pedir que le trajeran otro, decidió ir personalmente al almacén a buscar un reemplazo.

—Se perdió —adivinó Nico.

—Exacto —confirmó el Saboteador—. Se desmayó de hambre y cansancio en Mobiliario y por suerte lo encontré yo antes que los robots. Nunca había visto a nadie como él, así que lo traje a mi cuartel general, lo reanimé un poco y nos hicimos amigos. Los primeros días fueron un poco confusos, claro, porque ninguno hablábamos el idioma del otro. Pero por fin pude explicarle qué clase de lugar es este y cuál es mi misión secreta, y me ha ayudado desde entonces —concluyó con satisfacción.

—Mi amigo Fubu sabía que Spik estaba en contacto contigo —reflexionó Nico—, o al menos lo sospechaba. Te mandó una especie de mensaje en clave a través de él.

—Los buflin y los kelaki son dos pueblos que comparten lazos de amistad desde mucho tiempo antes de que Omnia contactara con ellos —explicó el Saboteador—. Y tienen un sistema de escritura similar. Un texto escrito por ellos puede tener hasta doce sentidos diferentes, uno sobre otro, como las capas de una cebolla, y la mayoría de la gente que estudia su lengua no pasa nunca del primer nivel. Por lo que tengo entendido, Nia solo ha conseguido descifrar hasta el segundo. Yo no me defiendo mal en el tercero —comentó con cierta modestia.

—Entonces, si te llegó mi mensaje —siguió diciendo Nico—, debes de saber que necesito escapar de aquí. ¿Me ayudarás? —El Saboteador pareció pensárselo, y Nico añadió apresuradamente—: Puedes venir conmigo si quieres. Escaparemos juntos de la isla, ¿de acuerdo?

—¿Qué? ¡No! —El hombre pareció escandalizado ante aquella idea—. ¡Ni hablar! Mi lugar está aquí. Si yo no lucho contra el imperio de terror de Nia, ¿quién lo hará?

—Espera un momento... —interrumpió Nico, y se rascó la cabeza, confundido—. Sé que Nia es un poco cabeza cuadrada a veces porque la han programado así, y que eso de que controle a los robots da un poco de mal rollo, pero... se supone que ella es buena, ¿no? Solo quiere lo mejor para Omnia.

—Lo mejor es enemigo de lo bueno —apuntó el Saboteador con gravedad—. Recuérdalo.

—Pero —insistió Nico— ella está aquí para hacer cumplir las normas, para hacer que todo funcione a la perfección...

—¡Error! Eso es lo que quiere que todo el mundo crea. Es lo que ella misma creía al principio, cuando la programaron. Incluso es posible que lo piense todavía. Pero su cometido, como bien dices, es hacer que todo funcione a la perfección... y para eso tiene que tomar el control total de Omnia. Y no se detendrá hasta que sea ella, y no los humanos, quien tome todas las decisiones aquí.

Nico sacudió la cabeza, escéptico.

—¿No me crees? ¿Y qué opinas de que cada vez haya menos personal y más operarios? Empezó con el almacén, pero ya hay muchos otros departamentos en los que solo trabajan robots. El último fue Contabilidad. Prejubilaron a todos los empleados que pudieron y al resto los reubicaron en otras secciones. Donde fuera, daba igual. Y lo peor es que a todo el mundo le pareció de lo más lógico. Después de todo, las máquinas tienen una capacidad de cálculo muy superior a la de las personas.

—Marlene estaba antes en Contabilidad —murmuró Nico para sí mismo.

Lo cierto era que nunca se había preguntado por qué la habían cambiado de departamento, pero era obvio que le apasionaban los números y se le daban muy bien. Si era verdad que los robots la habían echado, no era de extrañar que estuviese siempre tan enfadada.

—¿Lo ves? ¿Lo ves? —señaló el Saboteador.

—Es un proceso normal y pasa en todas partes —justificó Nico—. Cada vez hay más máquinas y robots que hacen el trabajo de las personas. No me parece tan grave.

—En todas partes, según tengo entendido, las máquinas obedecen a las personas; aquí, en Omnia, es al contrario. Todos estamos al servicio de Nia.

—A mí no me lo parece. Nia sigue órdenes del Supervisor y del señor Baratiak. Yo lo he visto.

El Saboteador vaciló un momento.

—Los tiene engañados a los dos —murmuró en voz baja—. Piensan que Nia trabaja para ellos, pero es al revés. ¡Y por eso alguien debe detenerla! —gritó de pronto, y Nico dio un respingo.

—¡No hables tan alto! —le advirtió—. Los operarios podrían oírnos.

Pero el Saboteador se rió con desdén.

—¿Eso crees? Acércate a las paredes y tócalas.

Nico se levantó del colchón y obedeció. Pasó la palma de la mano por la superficie de la pared y descubrió que era curiosamente mullida. Casi como si fuera... peluda. Al mirar mejor vio que toda la habitación estaba recubierta por una capa de musgo de color violáceo tan grueso como una alfombra.

—Es una especie de hongo del País de las Maravillas —informó el Saboteador a su espalda—. Vino por accidente en un lote de cajas de setas redimensionantes.

—¿Setas redimensionantes? —repitió Nico, desconcertado.

—Ya sabes, «un lado te hará menguar y el otro te hará más grande» —recitó su anfitrión como si fuera obvio—. El caso es que una de las cajas venía contaminada con este hongo. En unos días había diecisiete anaqueles cubiertos de moho violeta. Les costó mucho limpiarlo todo y dejarlo como estaba.

—Pues aquí no se lo curraron mucho que digamos —señaló Nico.

El Saboteador se rió.

—No, este lo he cultivado yo. Es un aislante perfecto, insonoriza la habitación y ya podemos hablar aquí a gritos, que nadie nos oirá desde fuera. Ni siquiera los operarios.

Nico examinó las paredes con mayor interés.

—¿Y qué ha pasado con la puerta? ¿Está tapada por los hongos también?

—Sí, pero de todas formas no la utilizaba para nada. Verás, cuando encontré este escondite comprendí que no tardarían en encontrarme si no lo ocultaba un poco más. Así que arrastré un par de estanterías vacías hasta la pared de fuera para que bloquearan la puerta y después dejé que los robots las fueran llenando de artículos a medida que crecía el catálogo. La puerta de entrada al despacho está bloqueada ahora por toda una hilera de estanterías abarrotadas de trastos y no se ve desde el almacén. A mí no me hace falta porque mi robot y yo nos desplazamos por los conductos de ventilación.

—¿Y nadie ha echado de menos esta habitación?

—Pues hasta ahora, no; los robots no suelen entrar en los baños ni en los antiguos despachos porque no los usan para nada. De hecho, los planos que Nia instala en los nuevos operarios solo incluyen lo que es el almacén en sí, no todo lo que usaban los humanos cuando trabajaban aquí. Ni aseos, ni despachos ni cuartos de mantenimiento. Tampoco conductos de ventilación.

»Pero esos planos están ahí en alguna parte, en la memoria de Nia. Si algún día envía a buscarme a alguno de sus robots con una comparativa de los planos y se da cuenta de que detrás de esa estantería debería haber una puerta..., probablemente me encontrará. Pero no se le ha ocurrido todavía.

—Quizá no tiene tanto interés en encontrarte como tú piensas —opinó Nico.

—Oh, sí que lo tiene. —El Saboteador se rió con amargura—. Porque yo conozco su secreto, podría delatarla y ahora mismo soy su mayor enemigo.

—¿Y qué secreto es ese?

—Que Nia es perfecta. Y eso en las máquinas es un problema, ¿sabes?, porque las personas no somos perfectas. Enseñamos a las máquinas a detectar y corregir los errores. Y ellas aprenden y mejoran, y llega un momento en que los seres humanos somos demasiado imperfectos para sus parámetros. Intentan corregirnos, y si no lo consiguen..., nos eliminan.

—Eso es un poco exagerado, ¿no crees? —señaló Nico con aprensión.

—No es exagerado, es lógico. Como Nia. Y lo peor de todo es que nadie se da cuenta de lo que pasa. Solo yo. Y por eso Nia cree que soy el mayor error de Omnia. Y créeme, joven amigo: si algún día me encuentra, no tendrá miramientos conmigo: primero me matará y después hará desaparecer mi cuerpo para que nadie vuelva a saber de mí nunca más.

—Sí, eh... —farfulló Nico, incómodo—. Buena suerte entonces. Espero que Nia no te encuentre y que no te..., hummm, que no te mate. Como yo no soy importante, espero que me deje volver a casa...

—¡Ah, es cierto, tu plan de huida! —exclamó el Saboteador alegremente—. Vamos a ver qué puedo hacer por ti. ¿Cómo vas a marcharte de Omnia? ¿Por los Tubos?

—Sí, exacto —confirmó Nico, más animado—. Así fue como entré. Fubu dice que si mis padres encargasen un artículo suficientemente grande..., como un armario o un baúl...

Se detuvo al ver que el Saboteador no lo estaba escuchando. Se había quedado con la mirada perdida, como si estuviera pensando en algo que había recordado de repente.

—Eh... ¿hola? —lo llamó Nico. El hombre volvió a la realidad.

—¿Qué? Ah, sí. Estabas hablando de tus... padres... o algo parecido.

—Sí —respondió el niño un tanto molesto—. Decía que si ellos encargasen un baúl en la web de Omnia, yo podría tratar de colarme dentro y el propio sistema de reparto me llevaría hasta mi casa.

—No es mala idea, no. ¿Y tienen previsto tus padres hacer un pedido como ese?

—Mis padres ni siquiera saben que estoy aquí —reconoció Nico a media voz—. Es imposible que hagan el pedido por casualidad. Fubu dijo que quizá tú, eh..., podrías meterte en el ordenador de Omnia, o lo que sea, y crear un falso pedido para mí.

Sobrevino un largo, largo silencio.

—Habría que manipular la base de datos de los pedidos —dijo entonces el Saboteador—. No es difícil de hacer..., pero Nia me descubriría. He pasado años escondiéndome de ella, amigo. Hacer lo que me pides equivale a señalar mi posición con fuegos artificiales.

Nico tardó unos segundos en entender lo que quería decir.

—Entonces... ¿no me ayudarás? —murmuró, desconsolado—. Pero eres mi única esperanza de regresar a casa. No quiero quedarme aquí para siempre. Por favor —suplicó—, este no es mi sitio. Quiero volver a ver a mi familia.

Pareció que el Saboteador iba a negarse; pero entonces miró a Nico y se ablandó.

—Bueno —farfulló por fin—, quizá lo pueda intentar. Pero no te prometo nada —aclaró cuando Nico dio un salto de alegría—. Dame tu dirección e intentaré generar un falso pedido sin que Nia se dé cuenta. ¿Tus padres son clientes de Omnia?

—Creo que mi padre no está registrado, pero mi madre seguro que sí. Te puedo dar su nombre si quieres, aunque no me sé su contraseña.

—Con el nombre me basta. De la contraseña me encargo yo —añadió con una sonrisa de tiburón.

Pero Nico no lo vio, porque estaba ocupado apuntando en un papel los datos que le había pedido el Saboteador.

—Deberías dormir un poco mientras tanto —comentó él mirándolo de reojo—. Estás que te caes.

Nico se dio cuenta entonces de que, en efecto, se moría de sueño. Y entonces recordó que llevaba toda la noche sin pegar ojo.

—Acuéstate —sugirió su anfitrión—. Te avisaré si consigo algo.

Nico se echó de buena gana sobre el colchón y se tapó con las mantas. Inmediatamente se quedó dormido.

26

Un buen baúl

Lo despertó su anfitrión horas después, sacudiéndolo suavemente.

—¡Arriba, amigo! —susurró en su oído—. Hoy tenemos mucho que hacer.

Nico se incorporó, algo amodorrado.

—¿Qué hora es? —farfulló.

—Las once y media.

Nico se levantó de un salto.

—¡Las once y media! —repitió—. ¡Pero mi turno empieza a las ocho!

—Ya llegas tarde de todos modos. No pasa nada porque pierdas un turno; después de todo, te vas a marchar de aquí y no tienes un interés especial en impresionar al Supervisor con un comportamiento ejemplar, ¿a que no?

Nico sacudió la cabeza, aún aturdido.

—Mira, te han traído el desayuno —anunció alegremente el Saboteador.

Su robot rodaba hacia Nico portando una bandeja con un cruasán, una manzana y un brik de batido de chocolate.

—Hummm..., gracias —pudo decir el niño.

Cuando se puso en pie vio que el Saboteador había vuelto a la misma posición en la que lo había dejado la noche anterior, a horcajadas en su silla giratoria, con la barbilla apoyada sobre el respaldo, la mirada fija en la pantalla y los dedos sobre el teclado.

—¿Has pasado ahí toda la noche? —preguntó, sintiéndose un poco culpable.

—Ajá —fue la respuesta.

Como no dijo nada más, Nico fue al baño, se aseó y después dio buena cuenta del desayuno.

—Mi amigo el robot te guiará de vuelta a tu departamento —le dijo el Saboteador, aún concentrado en su trabajo—. Iréis por los conductos de ventilación, así no os cruzaréis con nadie. Si preguntan dónde estabas, di que te sentiste mal por la noche y has estado en la enfermería.

—Pero no es verdad —objetó Nico—. Cualquiera puede comprobarlo.

—Si no les das motivos para sospechar de ti, no lo comprobarán. Sobre todo si tienes a alguien que apoye tu versión. ¿Lo tienes?

Nico pensó en Belay, en Fubu y en Micaela y dijo que sí.

—Mira —dijo entonces el Saboteador, muy satisfecho—. Es un buen baúl, ¿eh?

Nico se acercó y echó un vistazo a la pantalla. Mostraba una de las fichas de producto de la web de Omnia: «Baúl antiguo de madera de roble, pintado y tallado a mano», leyó Nico. Contempló la foto con aire crítico y coincidió en que era exactamente lo que buscaba. Allí dentro estaría có-

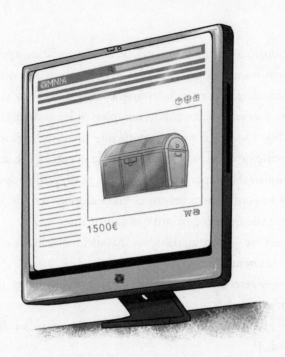

1500€

modo y seguro durante su viaje por los Tubos. Se le aceleró el corazón al pensar en que pronto volvería a casa.

—Bueno, pues ya está —anunció el Saboteador—. He comprado el baúl desde la cuenta de tu madre. En menos de veinticuatro horas llegará a tu casa. Ahora lo único que tienes que hacer es meterte dentro.

—Pero ¿cómo lo voy a hacer? —planteó Nico—. Si le toca empaquetarlo a mi equipo no habrá problema, pero si no...

—También me he ocupado de eso, tú tranquilo. Te he buscado en la base de datos de Personal y he anotado tu código de equipo. Después he alterado la ruta de embalaje del baúl para que tenga que pasar por tus manos sí o sí.

—Sonrió ampliamente antes de añadir—: Si los operarios fueran humanos, quizá alguno se preguntaría por qué este trasto tiene una ruta de embalaje específica. Pero son robots, y ya sabes..., los robots cumplen órdenes sin discutir.

Nico se sintió tan contento que tuvo que reprimir el impulso de darle un abrazo. Se fijó de nuevo en el baúl para memorizar su aspecto, aunque había pocas posibilidades de que lo confundiera con otro. Fue entonces cuando se dio cuenta de que costaba mil quinientos euros.

—Oye —dijo, vacilante—, ¿has dicho que lo has pagado con la cuenta de mi madre?

—Sí, eso es —contestó el Saboteador con una amplia sonrisa.

—Es decir... que lo ha pagado ella... con su dinero, ¿verdad?

—Con su tarjeta de crédito. A estas alturas ya le habrán cargado el importe.

—¡Pero es un pastón! —casi gritó Nico.

El Saboteador lo miró sin comprender.

—¡Es un baúl antiguo! —replicó en el mismo tono.

—¡De mil quinientos euros!

—¡De madera de roble!

—¡De mil quinientos euros!

—¡Pintado y tallado a mano!

Nico lo miró, desconcertado. Realmente parecía que el Saboteador no entendía por qué se había enfadado con él.

—No sé si mi madre tiene tanto dinero en la cuenta —trató de explicarle.

—Siempre hay dinero en las cuentas —respondió el hombre, muy confuso—. Por eso se compran tantas cosas.

—Solo tienes el dinero que ganas con tu trabajo. No puedes gastar más dinero del que tienes. Puedes pedirle prestado a un banco, claro, pero... —Se detuvo de pronto—. No tienes ni idea de lo que estoy hablando, ¿verdad?

El Saboteador no respondió. Había desviado la mirada de nuevo hacia la pantalla del ordenador, molesto. Nico se preguntó si seguía enfadado porque había criticado el precio del baúl, o si estaba irritado porque no entendía el funcionamiento del dinero y no lo quería admitir.

—Tú eres un empleado —insistió el niño—, o al menos lo eras antes de esconderte aquí. ¿No te pagaban un sueldo? ¿Y no comprabas cosas con ese dinero?

El Saboteador se volvió para mirarlo y Nico leyó la incomprensión en sus ojos verdes.

—Siempre he cogido lo que he querido —respondió lentamente.

Nico respiró hondo.

—¿Cuánto tiempo llevas aquí metido? —preguntó, casi temiendo la respuesta.

Los ojos del Saboteador se nublaron como si fuera incapaz de recordar lo que había hecho el día anterior.

—Mucho tiempo. ¿Tres años? ¿Treinta? ¿Trescientos? Ni idea. —Se encogió de hombros y se volvió de nuevo hacia la pantalla, como si aquella cuestión no le interesara lo más mínimo.

—¿No te acuerdas de cuando eras un empleado? —insistió Nico—. ¿Ni siquiera recuerdas en qué departamento te enseñaron a hacer todo esto? —añadió señalando a la red de ordenadores que colonizaba la mesa.

—¿Departamento? —repitió el Saboteador, distraído—. No, yo soy autodidacta —dijo, paladeando la palabra—. Eso quiere decir que todo lo que sé lo he aprendido por mi cuenta. Estudiando, investigando y haciendo pruebas. Siempre se me dieron bien los ordenadores, ¿sabes?

Nico asintió, aunque no lo comprendía del todo.

—Pero tienes que venir de alguna parte —dijo sin embargo—. ¿Dónde vivías antes de esconderte aquí?

—En el sector 9F, por supuesto —respondió el Saboteador—. Juguetes. Por eso te he estado observando, ¿sabes? Cuando te veía rondando por allí, escapando de los esbirros de Nia..., me recordabas a mí mismo a tu edad.

Nico sintió que un estremecimiento helado le recorría la espalda.

—¿Llevas viviendo en el almacén... desde que tenías mi edad?

—Bueno, quizá era un poco mayor que tú. Pero no mucho más. Oye, ¿a qué vienen tantas preguntas? ¿Por qué te importa tanto mi pasado?

Parecía molesto, pero Nico no se lo tuvo en cuenta. Mirándolo atentamente, empezó a reconocer algunos rasgos familiares. Aquellas piernas tan largas, de rodillas huesudas..., aquella nariz afilada... y, por encima de todo, aquella forma entre genial y extravagante que tenía de buscar soluciones a los problemas.

Porque los problemas existían para que pudieran ser solucionados.

Lo contempló de nuevo, maravillado ante su descubrimiento.

—Tú eres... Tobías Baratiak, ¿verdad? —se atrevió a preguntar.

27

Los problemas están
para ser solucionados

El Saboteador se volvió bruscamente hacia él para mirarlo con aquellos intensos ojos verdes.

—¿Cómo sabes...? —empezó con voz aguda; carraspeó y continuó—. Hace mucho que nadie me llama así.

Nico sacudió la cabeza, desconcertado. Por lo que sabía, Tobi Baratiak tenía catorce años cuando desapareció, pero por alguna razón Nico imaginaba que si algún día lo encontraban, vivo o muerto, seguiría teniendo aquellos eternos catorce años, como si hubiese estado vagando en una especie de limbo atemporal. Después de todo, de aquel extraño lugar podía esperarse cualquier cosa.

Estaba claro que se había equivocado. Tobías Baratiak había crecido, como cualquier otra persona, y era ahora un hombre adulto y estrafalario.

—Me han dicho que te perdiste hace veinte años —murmuró Nico, aún sin poder creerlo—. ¿De verdad has pasado tanto tiempo aquí?

—Yo no me perdí —puntualizó él—. Escapé y me escondí para que Nia no me encontrara.

—Pero llevas aquí veinte años —insistió Nico, atónito—. Todo el mundo se ha vuelto loco buscándote. Mucha gente cree que estás muerto...

—Sí, ¿verdad? —apostilló Tobías, complacido.

—... y tu padre te echa mucho de menos —concluyó el niño, que iba enfadándose por momentos—. ¿Por qué sigues aquí escondido? Yo daría lo que fuera por volver con mi familia y no me dejan, y, en cambio, tú puedes volver pero no quieres.

—¡¿Quién te ha dicho que no quiero volver?! —estalló de pronto Tobías con voz chillona—. ¡Claro que quiero volver! ¡Pero Nia me está buscando, ya te lo he dicho!

—¿Y qué? Eres el hijo del dueño, a ti nunca te echarían a los tiburones.

—Nia tiene otras formas de hacer desaparecer a la gente. La crearon para mejorar Omnia, pero al mismo tiempo la programaron para obedecer a las personas. En todo este tiempo ha aprendido muchos trucos, ¿sabes? Siempre se las arregla para convencerte de que lo mejor que puedes hacer es lo que ella recomienda. Y nadie se lo discute. Después de todo, es Nia. No se equivoca nunca.

—¿Y por eso te escapaste? Sigo sin entenderlo.

Tobías Baratiak suspiró, se recostó contra el respaldo y se masajeó las sienes con cansancio.

—Es una historia muy larga...

—Bueno, pues cuéntamela. De todas formas ya llego tarde a mi turno.

Tobías suspiró de nuevo.

—A ver, ¿por dónde empiezo? Por Nia, supongo. Todo empieza y termina en ella. Y es culpa mía, en parte. En Gestión de Pedidos se volvían locos con toda la información que manejaban, así que desarrollé un programa informático para hacerles la vida más fácil. Entonces tenía más o menos tu edad, pero a mí se me daban mejor los ordenadores que a mi padre, al señor Nicodemo y a su gente del departamento de Problemas. Son de una generación anterior, ya me entiendes.

Nico asintió, pero no hizo ningún comentario.

—El programa era sencillo, pero funcionaba muy bien, así que lo fui ampliando para que pudiera hacer cada vez más cosas. Fui yo quien se empeñó en pasar de la venta por catálogo a la venta por internet, y es otra cosa que dejamos en manos de Nia.

—¿Entonces ya se llamaba Nia?

—Sí, y es un nombre estúpido —reconoció Tobías con pesar—. Significa Nuestra Inteligencia Artificial. NIA. A mi padre le gustó porque esas tres letras formaban parte del nombre de Omnia.

»A medida que se complicaba la programación de Nia, tanto mi padre como el departamento de Problemas se actualizaban a marchas forzadas para poder trabajar con ella. Al final me dejaron a un lado y se centraron en mejorar a Nia. Ya no era el experimento absurdo de un niño, sino un proyecto valiosísimo para el futuro de Omnia. Pronto se dieron cuenta de que ella era mucho más rápida y eficiente que cualquier empleado, así que la programaron para que se mejorara a sí misma. De este modo ellos podían dedicarse a desarrollar otros proyectos mientras Nia aprendía y evolucionaba sola. Y bueno, quizá conozcas ya el lema de mi padre, ¿verdad? «Los problemas están para ser solucionados.» Ese es también el lema de Nia. Lo lleva inscrito en el código.

»Mi pesadilla comenzó cuando Nia llegó a la conclusión de que yo era uno de esos problemas que había que solucionar.

—¿Por qué? —se le escapó a Nico—. ¡Si eras su creador!

—Sí, pero soy muy caótico, como ves —comentó Tobías alegremente, señalando a su alrededor—, y Nia ha nacido para ser organizada y organizar al resto del mundo. Cuando yo la creé ya me había acostumbrado a entrar en el almacén siempre que quería para coger cualquier cosa que necesitara. Al principio en la sección de Juguetes, luego en Mecánica y Electrónica...

—¿Y no te perdías?

—Alguna vez me despisté, pero desarrollé un dispositivo para orientarme en el almacén... que luego los del departamento de Problemas perfeccionaron e instalaron en los operarios de Nia. En fin —suspiró—, el caso es que alguien encargó a Nia un informe sobre el funcionamiento del almacén, y ella llegó a dos conclusiones: la primera, que los humanos eran demasiado lentos e ineficientes para ese trabajo. La segunda, que no se podía tolerar que un niño entrometido anduviera revolviendo en el almacén, porque eso entorpecía su funcionamiento y causaba problemas a los empleados.

—Tiene sentido —admitió Nico.

—¿Lo ves? Ya hemos llegado a la palabra clave: problemas. Problemas que deben ser solucionados. Y tú mismo reconoces que tiene sentido.

Nico calló, confuso. Tobías continuó relatando su historia:

—El departamento de Problemas comenzó a desarrollar robots que pudiesen sustituir a los empleados. Y mi padre me prohibió volver a entrar en el almacén. Le supliqué que cambiara de idea, pero él me enseñó el informe de Nia y dijo que era muy lógico, que una compañía seria y con tanta proyección como Omnia no podía permitirse retrasos por culpa de niños revoltosos.

»Al final lo convencí de que hiciera una excepción en mi caso. Le recordé que, después de todo, Nia había nacido gracias a mí. Le dije que el almacén era mi laboratorio de experimentación y que necesitaba acceder a él para seguir probando e inventando cosas nuevas. Y me dio la razón.

»Entonces ordenó a Nia que colaborara con el departamento de Problemas para crear los robots que ella misma había pedido. Y que me permitiera entrar en el almacén siempre que quisiera.

—¿Y obedeció?

—La primera orden sí podía cumplirla, y lo hizo con mucho gusto. La segunda... iba en contra de su propia programación. Nia no puede dejar ningún problema sin resolver. Pero tampoco puede desobedecer la orden de un humano, y mucho menos de mi padre.

—¿Y qué pasó? —preguntó Nico, intrigado.

—Un día entré en uno de los cuartos de mantenimiento para coger una linterna y la puerta se cerró detrás de mí —rememoró Tobías, sombrío—. Se bloqueó por completo y no había manera de abrirla. Llamé a Nia, pero no respondió. Se había bloqueado también.

»Después dijeron que había sido un fallo en el sistema. Entonces nadie se lo tuvo en cuenta porque Nia era muy joven todavía y aún podía cometer fallos, pero yo sé la verdad. Se desactivó a sí misma justo después de encerrarme, para no tener que obedecer mi orden de abrir. El departamento de Problemas tardó cinco días en arreglarla. Y nadie sabía que yo estaba encerrado en el almacén. Podría haber muerto allí dentro, y todo el mundo lo habría considerado un desgraciado accidente.

—¿Y cómo escapaste?

—Por los conductos de ventilación. Por suerte Nia estaba desactivada y no me vio... De haberlo hecho, sin duda habría solucionado ese problema. Y tú y yo no estaríamos hablando ahora.

Nico respiró hondo, muy impresionado.

—¿De verdad crees que Nia intentó matarte? ¿No piensas que pudo ser un accidente? —planteó.

—Es lo que quise creer yo también. Pero después me di cuenta de que Nia ignoraba mis órdenes y a veces ni siquiera respondía cuando la llamaba. Al principio lo hacía solo de vez en cuando, con el tiempo ya fue cada vez más habitual. Porque en su mente retorcida yo estaba dejando de ser un humano problemático para convertirme únicamente en un problema que había que solucionar.

»En los siguientes meses sufrí más "accidentes", a los que sobreviví de milagro. A veces Nia respondía cuando le pedía ayuda, pero cada vez tardaba más, y una vez no respondió. Ese día supe que se había propuesto eliminarme, costara lo que costase. Lo hablé con mi padre y también con el señor Nicodemo, pero no me creyeron. Nia los obedecía tan rápida y servicialmente como siempre. Pero claro, ellos no eran nada problemáticos.

»Así que un día me escapé y me escondí en el almacén. Había cámaras de seguridad por todas partes salvo en los conductos de ventilación, y fue allí donde me metí. Sé que me buscaron durante mucho tiempo y luego se fueron todos los empleados y entraron los robots. Y un día dejaron de buscarme. Y comprendí que Nia había llegado a la conclusión de que el problema estaba solucionado.

»Durante todo este tiempo he sobrevivido en el almacén sin llamar la atención. A Nia no termina de gustarle que ande por aquí, pero mientras me mantenga al margen y no suponga un verdadero problema no va a invertir muchos recursos en atraparme.

»Lo que ella no sabe es que durante todo este tiempo me he estado preparando para nuestra lucha definitiva..., observando, tomando notas, aprendiendo cómo funcionan ella y sus robots. Y ahora estoy listo ya para plantar cara y convertirme en un problema de verdad —concluyó con una carcajada.

—Pero... ¡tu padre cree que estás muerto! ¿Por qué no le has dicho que sigues aquí?

—Porque paralizaría Omnia para encontrarme, y entonces él también se convertiría en un problema para Nia.

Nico comprendió que tenía razón.

—Y... ¿qué vas a hacer?

—Por el momento soy el Saboteador —dijo él con una amplia sonrisa—, pero algún día encontraré la manera de colarme en su programación y cambiar algunas cosas... y entonces podré salir de aquí, y Omnia será también un lugar muy diferente a la prisión en la que se ha convertido.

Nico se estremeció al oír la palabra «prisión». Era un concepto que aleteaba en su subconsciente desde su primer día en la isla, pero que nadie, ni siquiera él mismo, había pronunciado nunca en voz alta.

Miró a Tobías con un nuevo respeto. Le pareció que aquel loco estaba mucho más cuerdo que todas las personas a las que había conocido en Omnia.

—Pero tengo que andarme con ojo —prosiguió él—, porque si me captura antes de que consiga mis objetivos..., ya no podré hacer nada. Desde hace unos meses he vuelto a convertirme en un problema para ella, así que ya no tolera mi presencia aquí. Estoy en peligro —concluyó—, y tú también lo estarás si sigues rompiendo las normas y no te marchas de aquí en cuanto puedas.

Nico volvió a la realidad y recordó de pronto que en alguna parte había un baúl que iba de camino a Empaquetado.

—¡Es verdad, mi plan de huida! —exclamó—. Pero ¿cómo voy a marcharme ahora? ¡No puedo dejaros aquí con Nia! Si puedo hacer algo para ayudaros...

Tobías agitó una mano en el aire como restándole importancia al asunto.

—Ya nos las arreglaremos, no te preocupes. Tú vienes de fuera y no tienes por qué mezclarte en esto. Tienes un hogar al que regresar, así que vete y no mires atrás.

Nico no supo qué decir. En esta ocasión no se contuvo y abrazó a Tobías con fuerza. Él se quedó rígido, y por un momento pareció que iba a sacárselo de encima. Pero finalmente se dejó hacer.

—Bueno, bueno, no nos pongamos tontorrones —farfulló—. Vamos a ver por dónde anda ese baúl tuyo, ¿de acuerdo? A ver si puedo calcular cuánto tardará en pasar por tu sección.

Volvió a centrarse en la pantalla del ordenador. Trabajó en silencio unos instantes hasta que, de pronto, sus dedos se congelaron sobre el teclado.

—Oh-oh —dijo entonces.

Y Nico comprendió que Nia había detectado un problema que había que solucionar.

28

Ojos de plata

Tobías empezó a teclear furiosamente mientras Nico preguntaba, muy nervioso:

—¿Qué pasa? ¿Qué pasa?

—Nia se ha dado cuenta de que se trata de un falso pedido. Va a intentar cancelarlo.

—¡No!

—Estoy tratando de evitarlo, tranquilo. Ya la he bloqueado tres veces, pero es muy cabezota. Oh-oh —repitió.

—¿Qué pasa ahora?

—Pues que ha comprendido que estoy saboteándola y que la orden de cancelación no se bloquea por error. Ay, no..., nos está rastreando. ¡Fuera! ¡Fuera! —exclamó con expresión de pánico mientras aporreaba el teclado.

Nico dio un paso atrás, inquieto.

—¿Qué quiere decir eso de que nos está rastreando?

Tobías no tuvo ocasión de responder. De pronto se oyó un estruendo al otro lado de la pared, y los dos dieron un salto en el sitio, aterrorizados.

—¡Están retirando las estanterías que bloquean la puerta! —exclamó Tobías—. ¡Vete, vete! ¡No pueden encontrarte aquí!

Nico retrocedió otro paso, indeciso.

—Pero...

—¡Tú sigue a mi robot! ¡Yo voy a intentar detenerlos!

—Pero...

—¡Vete! ¡Vete! ¡Busca ese baúl, y buena suerte!

Nico no se entretuvo más. Se volvió hacia el robot, que ya rodaba hacia un rincón en sombras, y lo siguió. Cuando lo alcanzó descubrió que allí había otro conducto de ventilación. Parecía imposible que el robot pudiera caber en él, pero entonces se plegó sobre sí mismo, como un acordeón, y rodó por el interior del túnel sin mayor problema. Nico dudó un momento; pero un nuevo estruendo le indicó que los operarios acababan de retirar otra estantería, y siguió al robot a través del conducto.

Mientras avanzaban en la penumbra, Nico pensaba en Tobías y en su absurda cruzada contra un enemigo mucho más poderoso que él. Se preguntó, inquieto, si lograría escapar sano y salvo.

El trayecto se le hizo larguísimo. Corrió y corrió, jadeando, detrás del robot que lo guiaba, rodeando aquel almacén que era mucho más grande por dentro que por fuera. Finalmente, el robot desatornilló una rejilla y Nico se asomó al exterior cuando la retiró del todo. Salió a gatas del conducto y se vio en el pasillo principal; se puso en pie, parpadeando ante la luz del día, a recuperar el aliento. Cuando se volvió para mirar el hueco por el que había salido, el robot ya había vuelto a desaparecer por él y hasta se había molestado en volver a colocar la rejilla en su sitio.

Nico no se entretuvo más. Se quitó la «piel de camaleón» cuando nadie miraba y se mezcló con el tráfico del corredor, tratando de no llamar la atención. Sabía que Nia estaba concentrada en capturar a Tobías y se preguntó si lo habría relacionado con él y si estaría buscándolo también. ¿Y qué habría sido del baúl? ¿Habría conseguido Nia cancelar el pedido? No tenía forma de saberlo.

—Aprendiz Nicolás de Empaquetado —dijo de pronto una voz conocida.

Nico se detuvo en seco. Se encontraba en un recodo del pasillo que conducía a Empaquetado. Y allí, en la pared, que se había transformado en una enorme pantalla, estaba el rostro atemporal de Nia. Parecía amable, como siempre, pero Nico detectó por primera vez la profunda carencia de humanidad que reflejaban sus ojos plateados.

—¿Sí? —preguntó cautelosamente.

—Según mis datos, usted no debería encontrarse en este sector en estos mismos momentos —le informó Nia con exquisita educación.

—S-sí, yo...

—¿Puedo ayudarlo en algo, aprendiz Nicolás de Empaquetado? —se ofreció Nia—. ¿Se ha perdido usted?

—Y-yo... N-no, solo iba a...

—Según mis datos —prosiguió Nia sin aguardar a que terminara la frase—, esta mañana no se ha presentado usted en su puesto de trabajo a la hora habitual.

—S-sí, lo siento —acertó a responder Nico, muerto de miedo—. Estaba enfermo y me he quedado un rato más en la cama. Pero ya me encuentro mejor —le aseguró.

Nia parpadeó lentamente. Nico temblaba de pies a cabeza, rogando por que no se diese cuenta de que mentía.

—¿Está usted enfermo, aprendiz Nicolás de Empaquetado? Eso es un problema.

Nico vio por el rabillo del ojo cómo cinco de los operarios que circulaban por el corredor se detenían de pronto y volvían sus sensores oculares hacia él, todos a la vez. Miró a su alrededor, aterrorizado, en busca de una vía de escape. No la había.

—¿Está usted enfermo, aprendiz Nicolás de Empaquetado? —repitió Nia al no haber obtenido respuesta—. Eso es un problema. Debería quedarse en la Enfermería hasta su total recuperación.

Nico pensó entonces que Nia no parecía tan estricta como todo el mundo decía. No iba a obligarlo a trabajar si se encontraba indispuesto, ni iba a castigarlo por llegar tarde a su turno. Se le ocurrió una idea.

—Si estoy muy enfermo y no me recupero, no podré trabajar —le planteó—. ¿Me enviarían a casa entonces?

—Si en la Enfermería no pueden curarlo y tampoco puede usted cuidar de sí mismo, aprendiz Nicolás de Empaquetado —respondió Nia—, le reservaremos una habitación en el Jardín Residencial, donde estará usted muy bien atendido el resto de su vida. Está estipulado en su contrato de trabajo, en el apartado 16, punto 5D, quinto párrafo.

Nico recordó a los ancianos del Jardín y al padre de Belay, y pensó que Nia no lo había entendido.

—Pero si no puedo trabajar —insistió—, no soy de utilidad aquí. Podrían devolverme a mi casa y ya no sería un problema.

—Usted no es un problema, aprendiz Nicolás de Empaquetado —dijo Nia—. Los aprendices y empleados enferman a veces. Es nuestra responsabilidad velar por ellos en la Enfermería o en el Jardín Residencial. Usted es parte de Omnia, y Omnia es su casa. Velaremos también por usted.

Nico abrió la boca para replicar, pero Nia no había terminado de hablar:

—Su enfermedad sí es un problema para Omnia, aprendiz Nicolás de Empaquetado —continuó—. Pero se trata de un problema que tiene solución. Si es usted tan amable de acompañar a los operarios, ellos lo guiarán hasta la Enfermería para que su malestar pueda ser convenientemente atendido.

Las palabras de Nia seguían siendo amables, pero Nico se dio cuenta de pronto de que estaba rodeado de robots muy dispuestos a conducirlo a la Enfermería en contra de su voluntad. Si lo obligaban a quedarse allí, se perdería el envío del baúl y no podría regresar a casa.

—Y-yo ya me encuentro bien —protestó—. Perfectamente, de verdad. No necesito ir a la Enfermería, así que, para no causar más problemas, me voy corriendo a Empaquetado.

Nia no dijo nada. Siguió mirándolo fijamente, y Nico sintió que sudaba por todos los poros. Los robots no se movieron del sitio.

—Esta es la solución —insistió—. Ya estoy curado, así que mi enfermedad no es un problema. Y voy a trabajar, así que mi ausencia tampoco es un problema. Recuperaré las horas perdidas en el turno libre. Y se acabaron los problemas. Porque me estoy esforzando para solucionarlos.

Después de un largo silencio, que a Nico se le hizo eterno, Nia sonrió. Fue una sonrisa fría como la escarcha.

—Muy bien, aprendiz Nicolás. Si ha encontrado usted la solución al problema, todo está bien.

Los robots se retiraron, dejándole el camino despejado. Nico respiró hondo, tan aliviado que se permitió responder ceremoniosamente:

—Gracias, Nia. Seguiré trabajando para solucionar los problemas de hoy y evitar los problemas de mañana.

Nia no respondió. Sonrió de nuevo y desapareció.

Nico se quedó un momento quieto, con el corazón latiéndole con fuerza. No se atrevió a moverse hasta que comprobó que los robots habían vuelto a su rutina y ya no le prestaban atención.

Entonces se apresuró a regresar a su departamento.

En Empaquetado, la vida seguía como si nada hubiese sucedido. Nico se reunió con su equipo y soportó como pudo la bronca de Danil.

—¿Dónde te habías metido? ¡Está casi a punto de terminar el turno!

—Me he dormido —farfulló Nico, mirando de reojo a Belay.

Él no dijo nada.

—¿Y no podía haberte despertado tu compañero de cuarto? —gruñó Danil.

—Ha pasado mala noche y he pensado que le vendría bien descansar —zanjó Belay.

—Claro, como viene de fuera tiene un trato especial —siguió refunfuñando Danil.

—Como es un niño tiene un trato especial —corrigió Belay con seriedad—. A todos se nos han pegado las sábanas alguna vez cuando teníamos su edad.

—A mí, no —replicó Danil frunciendo el ceño—. Nunca.

Nico se reincorporó al trabajo y saludó a Marlene, pero ella no le respondió. Y tampoco Belay parecía muy contento, a pesar de que le había echado una mano con su coartada.

El niño respiró hondo y se puso a montar cajas. El corazón le latía muy deprisa y no podía dejar de mirar de reojo la compuerta por la que aparecían los artículos. Los cuarenta minutos que tardó en aparecer el baúl que estaba esperando se le hicieron eternos.

Pero ahí estaba.

Un baúl antiguo.

De madera de roble.

Pintado y tallado a mano.

Nico estaba tan nervioso que rompió una caja mientras la montaba.

—¡Serás torpe! —lo riñó Marlene—. ¡Belay, necesitamos un repuesto!

Belay detuvo la cinta transportadora. Nico no podía ni respirar. El baúl estaba tan cerca... Pero ¿cómo podría meterse dentro sin que nadie lo viera?

Cruzó una mirada desesperada con Belay. Y él entendió

sin necesidad de palabras. Se encaminó sin prisa hacia el contenedor de las cajas y, una vez allí, preguntó en voz alta:

—¿Qué modelo era, Marlene? ¿La 12A o la 12B?

—La 12B, Belay —respondió ella perdiendo la paciencia—. Acolchada, porque es una vajilla de porcelana.

—Ya sé que va acolchada, pero la 12B es demasiado pequeña. Estoy seguro de que te había dado la 12A.

Marlene arrebató a Nico de las manos los restos de la caja rota y examinó la referencia.

—¡Es la 12B, Belay, no le des más vueltas!

—Ah, pues tenemos un problema, porque no nos quedan cajas 12B. ¿Crees que la 12A valdría?

—¿Cómo que no quedan cajas? ¡La última vez que miré, había cincuenta y nueve cajas modelo 12B!

Refunfuñando por lo bajo, Marlene fue a reunirse con Belay. Un operario, que había captado la palabra «problema», rodó hasta ellos para ver si podía ser de utilidad.

Nico aprovechó para decir:

—Bueeeno..., como esto va para largo, voy un momento al servicio...

Danil lo miró con desconfianza; pero justo en ese momento Fubu llamó su atención para entregarle una de sus notas, y el joven se volvió hacia él. Era el instante de distracción que Nico necesitaba; mientras Marlene y Danil estaban ocupados, abrió la tapa del baúl y se metió dentro.

29

Supervisión

Era amplio, tal y como Tobías había imaginado, y Nico se encontró más cómodo que en el interior del acuario en el que había llegado hasta Omnia. Con el corazón palpitándole con fuerza oyó las voces de sus compañeros en el exterior.

—Te dije que quedaban cajas tamaño 12B.

—Y tenías razón, Marlene. No sé cómo no las había visto.

—Porque estás atontado hoy, por eso. ¿Dónde se ha metido el mocoso?

—Ha dicho que iba al baño.

—Pues a ver si se da prisa en volver, porque estoy harta de que desaparezca cada dos por tres.

La cinta transportadora se puso en marcha de nuevo.

—Espera, espera, te ayudo con eso —se oyó decir a Belay—. Tiene pinta de pesar lo suyo.

—Seguro que sí —respondió Danil con sorna.

—A ver, a ver —intervino Marlene—. Todos a la vez. A la de una, a la de dos, y...

Cuando dijo «¡Tres!», Nico sintió que lo levantaban en vilo y luego lo volvían a dejar caer.

—Ufff..., sí que pesa —comentó Marlene.

—Acólchalo todo lo que puedas, Danil, por favor —pidió Belay—. Parece frágil.

—Quizá haya que abrir el baúl y acondicionarlo también por dentro... —sugirió Marlene.

Nico se encogió de miedo en su escondite. Pero entonces oyó de nuevo a Danil:

—Créeme, no va a hacer falta.

El niño respiró aliviado, aunque le inquietó el tono burlón que le pareció notar en su voz.

El baúl prosiguió su marcha sobre la cinta transportadora. Nico oyó el sonido de la impresora de Fubu al escupir la etiqueta con la dirección de envío que, si todo marchaba según lo previsto, debía ser la de sus padres. El siguiente ruido que oyó fue el de la cinta aislante de Micaela precintando la caja. Respiró hondo, tratando de tranquilizarse. En unos minutos estaría en la sección de Envíos, y de allí lo lanzarían a los Tubos, rumbo a casa.

Y entonces, de pronto, la cinta transportadora se detuvo de nuevo.

—¿Qué pasa? —preguntó Micaela—. ¿Por qué paramos?

Hubo un silencio inquietante, y entonces Nico percibió un rumor que venía de fuera. Susurros de empleados que comentaban, sorprendidos:

—¡El Supervisor! ¡Es el Supervisor!

El corazón de Nico palpitaba con violencia. ¿Qué habría venido a hacer el señor Nicodemo a aquel rincón de

Empaquetado? Sería demasiada casualidad que estuviera buscándolo a él...

—Señor Supervisor... —oyó que murmuraba Marlene, estupefacta.

—Empleada Marlene de Empaquetado —respondió él con voz grave—. ¿Qué ocurre? ¿No esperabais verme por aquí? Pues, como mi propio cargo indica, puedo supervisar cualquier departamento de Omnia en cualquier momento. ¿Queda claro?

—S-sí, señor Supervisor.

—Pero hoy no he venido a supervisar cualquier cosa. Acabo de recibir una llamada urgente de esta sección. Y bien, ¿cuál es la emergencia?

Y entonces Nico oyó de nuevo a Danil:

—He avisado yo, señor Supervisor. Hay un empleado que intenta marcharse de Omnia contraviniendo todas las normas. Es el aprendiz Nicolás, y está en ese baúl.

Nico se sintió desfallecer. Sin duda Danil lo había visto meterse en el baúl y había avisado al Supervisor sin decir nada a nadie. «¡Traidor!», pensó. Pero estaba demasiado asustado y abatido como para enfadarse de verdad.

—Conque un desertor, ¿eh? —bramó el Supervisor—. Eso habrá que verlo. ¡Todo el mundo fuera! Yo me ocuparé. ¿No me has oído, empleada Micaela? —añadió, sin duda al ver que Micaela se resistía a apartarse de la caja.

Nico respiró hondo. Todo había terminado. Pensó en Tobías, y en que se había arriesgado por él... para nada. Se preguntó si habría logrado escapar de los opera-

273

rios de Nia. Y si había algo que pudiese hacer para ayudarlo.

Lo sobresaltó el ruido de la cinta aislante al despegarse de la caja con brusquedad. Fuera del baúl, dos de las extremidades arácnidas del Supervisor abrían el envoltorio con parsimonia.

Por fin, la tapa del baúl se abrió por encima de la cabeza de Nico, y el niño se encogió todo lo que pudo, como si así pudiese volverse invisible. El rostro severo del Supervisor se asomó al interior, inclinándose tanto que parecía a punto de precipitarse desde su vehículo. Pero se mantuvo suspendido sobre el baúl y, por un momento, las miradas de ambos se cruzaron.

—No veo nada aquí —dijo entonces el señor Nicodemo, como si hablara para sí mismo—. Este baúl está vacío.

Nico se sorprendió. Lo primero que pensó fue que todavía llevaba puesta la «piel de camaleón» y por eso no lo había visto..., pero recordó entonces que se la había quitado justo antes de entrar en Empaquetado. Se sintió tan aliviado y agradecido que quiso gritar de alegría.

Y entonces recordó que había algo muy importante que quería decirle al Supervisor.

—Señor Nicodemo —susurró.

—No tientes a la suerte, aprendiz —masculló él en el mismo tono—. No tientes a la suerte.

—¡Tobi está vivo! —se apresuró a comunicar Nico—. Está escondido en el almacén. Nia sabe que se encuentra allí, pero no se lo ha dicho a nadie porque lo quiere matar.

Los ojos del Supervisor se achicaron un instante.

—¿Estás seguro de lo que dices?

—Lo he visto —respondió Nico—. Él es el Saboteador. Y ahora necesita ayuda.

El señor Nicodemo no dijo nada. Se incorporó bruscamente y cerró la tapa del baúl con tanta fuerza que Nico dio un respingo del susto.

—¡Aquí dentro no hay nada! —bramó—. ¡Y no me gusta que me hagan perder el tiempo con tonterías! ¿Queda claro? ¡Volved al trabajo inmediatamente!

—Sí, señor —respondió Micaela, claramente aliviada.

—Pero... Pero... —farfullaba Danil.

—¡Al trabajo, empleado Danil, o recibirás una amonestación!

El señor Nicodemo recolocó el baúl sobre la cinta transportadora, con tanta fuerza que los extremos de sus patas mecánicas perforaron por accidente la caja de cartón. Varias veces.

O tal vez lo había hecho aposta, pero eso solo él lo sabía.

Y la cinta transportadora se puso en marcha de nuevo. Nico suspiró profundamente y se aovilló en el fondo del baúl, aún sin creer lo que estaba sucediendo. Oyó el sonido de la cinta aislante sellando de nuevo su caja, y le pareció que Micaela susurraba «Buena suerte», pero no podía estar del todo seguro. Siguió con el alma en vilo mientras el baúl, bien protegido en su caja, salía de Empaquetado y llegaba a

la sección de Envíos, donde los operarios escanearon el código de la etiqueta y un par de manos mecánicas lo izaron
en el aire y lo arrojaron al Tubo correspondiente... de vuelta a casa.

30

Envío urgente

Unas horas después, un mensajero tocó el timbre en casa de la familia de Nico. Estaban a punto de cenar, y todos se miraron unos a otros, extrañados, porque no esperaban a nadie.

—¿Quién será? —se preguntó la madre, desconcertada.

—¡Seguro que es Nico! —exclamó Claudia, emocionada.

Su madre suspiró brevemente, pero no dijo nada. Hacía ya tiempo que habían dejado de hacerse ilusiones.

El padre de Nico se levantó y fue a abrir la puerta.

—Disculpe, señor —le dijo el mensajero—. Envío urgente de Omnia.

—¿De Omnia? —repitió él sin entender, contemplando la enorme caja agujereada—. ¿Seguro? Nosotros no hemos pedido nada tan grande.

—Es un error —intervino su mujer desde el salón—. Esta mañana me han cargado en la cuenta una compra que no he hecho. Ya he devuelto el recibo y supongo que habrá que devolver también lo que quiera que nos hayan enviado.

—Pues ya ve... —empezó el padre.

Pero entonces sonaron unos golpes desde el interior de la caja. El mensajero dio un salto atrás, sobresaltado.

—¿Qué ha sido eso? —exclamó.

—No lo sé, dígamelo usted...

—Aquí dice: «Baúl antiguo de madera de roble tallado y pintado a mano»...

Los golpes se oyeron de nuevo, mientras Claudia y su madre se asomaban a la puerta para ver qué estaba pasando.

—¡Hay algo vivo dentro! ¡Ábralo!

—Pero, señor, si quiere hacer la devolución no puede...

—¡Ábralo! —intervino la madre con nerviosismo—. ¿No ve cómo se mueve?

Entre todos se apresuraron a desprecintar la caja. El enorme baúl que había dentro, acomodado en un nido de bolitas de porexpán, estaba ya parcialmente abierto. La tapa salió disparada hacia arriba... y Nico emergió del interior.

El mensajero lanzó un grito de sorpresa y saltó hacia atrás. Los padres de Nico se quedaron paralizados de asombro.

La primera en reaccionar fue Claudia.

—¡¡Nicooo!! —chilló al ver a su hermano sano y salvo.

Se lanzó a sus brazos en cuanto él salió del baúl, estirándose para desentumecerse. Los dos hermanos se abrazaron con fuerza.

—Tonto, tonto, tonto —lo riñó Claudia con lágrimas en los ojos—. Nos tenías muy preocupados.

—Lo siento, Claudia —farfulló él, emocionado—. No he conseguido traerte a Trébol. Pero ya sé cómo devolvértelo: podemos hacer un pedido a Omnia y mandarles fotos de Trébol, y ellos nos enviarán...

—No me importa Trébol —cortó ella de pronto—. Olvídate de él, no lo busques más. Solo es un muñeco. Yo te quiero a ti, Nico. No vuelvas a marcharte. Nunca más.

Nico tragó saliva y sonrió, emocionado. Cuando sus padres se unieron al abrazo, formando con ellos una enorme piña humana en el rellano de la escalera, no fue capaz de retener las lágrimas.

Por fin estaba en casa.

Epílogo
Buenos tiempos

Varias semanas después, una noticia sorprendente dio la vuelta al mundo: Thaddeus Baratiak, el dueño y fundador de Omnia, abría por fin las puertas de su misterioso imperio y concedía entrevistas a los medios. El anuncio vino acompañado de la inauguración de una línea regular de ferry que uniría el continente con una isla que llevaba muchos años separada del resto del mundo. Cuando los periodistas pusieron los pies en Omnia se maravillaron ante todo lo que vieron, y aunque algunos retransmitieron en directo sus experiencias a todos los rincones del mundo, muchos espectadores las recibieron con escepticismo.

—¿Has visto a ese trabajador? —dijo la madre de Nico con asombro mientras la familia veía el reportaje por televisión—. ¿Qué clase de criatura es?

—Será alguien disfrazado —respondió el padre sin concederle importancia—. A Baratiak siempre le ha gustado llamar la atención, ya sabes.

Nico sonrió, pero no dijo nada.

El propio Baratiak salía poco después en primer plano. Tenía un aspecto mucho más vivaz, rejuvenecido, como si brillase por dentro. Nico pensó que se parecía muy poco al anciano consumido que había conocido, y enseguida descubrió por qué; y sintió que el corazón le brincaba de alegría al ver a su lado a Tobías, afeitado y considerablemente más aseado. Se lo veía radiante y feliz, aunque aún un poco aturdido.

—Va a haber grandes cambios en Omnia —anunciaba el señor Baratiak muy ufano—. Mi hijo y yo tenemos muchos planes para el futuro de la compañía. Ahora mismo estamos actualizando nuestros sistemas informáticos e instalando un software menos rígido, más amable y flexible que el que teníamos hasta ahora. Por otro lado, nuestro departamento de Personal está elaborando nuevos contratos para todos los empleados, que sustituirán a los anteriores. Es probable que durante unos meses el rendimiento de la empresa se vea perjudicado y no podamos cumplir nuestros compromisos de puntualidad en todos los envíos, pero pensamos que a la larga será mucho más provechoso para todos. Probablemente muchos piensen que el sistema anterior era mejor, y puede que no les falte razón. Pero, como alguien me dijo hace poco —añadió, cruzando una sonrisa con su hijo—, lo mejor es enemigo de lo bueno. Y nosotros queremos hacer cosas buenas.

»Nuestra hoja de ruta —continuó tras una pausa— pasa por promover las relaciones intermundiales para que todo el mundo pueda beneficiarse de los grandes avances técnicos que hemos logrado aquí.

—¿Intermundiales? —repitió el padre de Nico—. ¿De qué está hablando?

El niño sonrió de nuevo, pero no respondió. Estaba intentando descubrir si podía ver a alguno de sus amigos entre el personal que aparecía en la pantalla cuando su madre le dijo:

—A todo esto, Nico, ha llegado una carta para ti. De Omnia, precisamente —añadió con cierto recelo.

Nico cogió el sobre que ella le tendía, muy intrigado. Extrajo de su interior una fotografía y parpadeó para retener las lágrimas, emocionado, al descubrir en ella la imagen de sus amigos de Empaquetado (incluso Danil se encontraba allí, aunque se limitaba a mirar al techo como si aquello no fuese con él), que posaban muy sonrientes junto a Tobías Baratiak. Nico sonrió también de oreja a oreja al hallar junto a la foto un papel escrito por ambas caras con la esmerada letra de Fubu:

Estimado Nicolás:

Estoy muy contento de poder escribirte por fin. Me habría gustado despedirme en condiciones, pero tu partida fue un poco precipitada y es evidente que no hubo tiempo. Lástima. Espero que algún día volvamos a vernos. Aquí todos te echamos mucho de menos. También Danil y Marlene, aunque no lo digan.

Han cambiado muchas cosas desde que te fuiste. Todo se ha vuelto mucho más caótico desde que Nia está «en revisión» y el Supervisor y el señor Baratiak se encargan de todo. A Danil no le gusta, pero Marlene está contenta porque le han dicho que podrá volver a Contabilidad. A mí los cambios me parecen estimulantes. Y el señor Baratiak dice que son buenos cambios.

Ha sido una sorpresa para todos enterarnos de que trabajábamos al servicio de Nia, y no al contrario, como pensábamos. Pero fue bueno para ti que estuviésemos tan equivocados al respecto. Porque, si el día que te marchaste Danil hubiese avisado a Nia, en lugar de alertar al Supervisor, probablemente todavía seguirías aquí. Pero cometió el mismo error que todos los demás: pensó que Nia tenía menos poder que los jefes humanos de Omnia.

Volveré a escribirte pronto ahora que ya podemos mantener contacto con el exterior. Belay y Micaela también te escribirán, aunque ellos prefieren el correo electrónico y esperan poder charlar contigo por videoconferencia. Yo no puedo hacer eso, como sabes, y por otro lado prefiero escribir las cartas a mano. Algún día te explicaré por qué.

Me alegro mucho de haberte conocido. Eres un pequeño humano muy notable.

Firmado:

Fubustlilglebl Ulimplat

P. D.: Tobías Baratiak te manda recuerdos. Dice que se avecinan buenos tiempos. Y que tú sabrías lo que eso quiere decir.